薰衣草下的罪恶

平萍

百花洲文艺出版社
BAIHUAZHOU LITERATURE AND ART PRESS

图书在版编目（CIP）数据

薰衣草下的罪恶 / 平萍著．—南昌：百花洲文艺出版社，2014.9（2018.12 重印）

（微阅读 1 +1 工程）

ISBN 978 -7 -5500 -1032 -1

Ⅰ.①薰… Ⅱ.①平… Ⅲ.①小小说—小说集—中国—当代 Ⅳ.①I247.8

中国版本图书馆 CIP 数据核字（2014）第 181431 号

薰衣草下的罪恶

平萍　著

出 版 人：姚雪雪

组稿编辑：陈永林

责任编辑：陈永林　黎紫薇

出　　版：百花洲文艺出版社

发行单位：全国新华书店

印　　刷：龙口市新华林文化发展有限公司

开　　本：700mm ×960mm　1/16

印　　张：12

版　　次：2015 年 3 月第 1 版

印　　次：2018 年 12 月第 3 次印刷

字　　数：128 千字

书　　号：ISBN 978 -7 -5500 -1032 -1

定　　价：29.80 元

赣版权登字：05 -2015 -39

邮购联系：0791 -86895108

网 址：http：//www. bhzwy. com

前　言

以“极短的篇幅包容极大的思想”，才能够以小胜大，经过读者的阅读，碰撞出思想的火花，震撼人的心灵。正因为这样，微型小说成为一种充满了幽默智慧、充满了空灵巧妙的独特文体。

如果说在二十一世纪的头一个十年，是互联网大大改变了我们的生活，那么在我们正在经历的第二个十年里，手机将更为巨大地改变我们的生活。如今，以智能手机为平台，正在构成一个巨大的阅读平台。一种新的阅读方式正不知不觉地走进大众的生活。一个新的名词就此产生，它便是“微阅读”。微阅读，是一种借短消息、网络和短文体生存的阅读方式。微阅读是阅读领域的快餐，口袋书、手机报、微博，都代表微阅读。等车时，习惯拿出手机看新闻；走路时，喜欢戴上耳机“听”小说；陪人逛街，看电子书打发等待的时间。如果有这些行为，那说明你已在不知不觉中成为“微阅读”的忠实执行者了。让我们对微型小说前景充满信心和期待的是，微型小说在微阅读的浪潮中担当着极为重要的“源头活水”。

肩负着繁荣中国微型小说创作、促进这一文体进一步健康发展的责任和使命，微型小说选刊杂志社推出了“微阅读1+1工程”系列丛书。这套书由一百个当代中国微型小说作家的个人自选集组成，是微型小说选刊杂志社的一项以“打造文体，推出作家，奉献精品”为目的的微型小说重点工程。相信这套书的出版，对于促进微型小说文体的进一步推广和传播，对于激励微型小说作家的创作热情，对于微型小说这一文体与新媒体的进一步结合，将有着极为重要的作用和意义。

编者

2014年9月

目　录

谁是凶手

这是起凶杀案的现场。

被害者，是一个农民暴发户——红星奶牛有限总公司董事长。改革开放初期，他从一头稚奶牛起家，到如今，已然养殖了几十万头奶牛，创建了一个鲜牛奶的品牌，誉满全国。

之后，他买了别墅，进了省城，想要享受城里人的滋润，却始终改变不了从小的生活习惯，那就是：临睡前，与小牛犊，凝视、拥抱和亲吻。

不然，总是失眠，怎么办？

他就在主卧卫生间里，筑了一个小草窝，养了一头俊美的才三个月大的小牛犊。天天与他一起同吃、同睡，同享受那股牛粪味。等这头小牛犊一岁后，他就换掉，另找一头小牛犊，继续陪伴他。之后，再换。

所以，凶杀现场唯一的活物，就是那只小牛犊。

技侦人员嫌小牛犊碍事，想带它离场，可是，那小生灵，竟然暴怒了，又是吼、又是踢的，就是不肯离开半步。

刑警们都感觉蹊跷。

大队长肖芃匆匆忙忙赶到的时候，现场勘查已经基本结束。

那头小牛犊自始至终都不肯离开原地，固执又倔强。

肖芃柔情地俯视，惊奇地发现，它那双水汪汪的黑亮大眼，充满了一份悲伤、一份坚守。

肖芃很触动，不禁有些喜爱上了。

瞧那双不停地眨巴着的黑眸子，整个湿润润的，眼眶四周还镶嵌了一圈黑黑、长长、弯弯的眼睫毛，显得那么灵动、柔软、温情和悲哀。

或许是凝视的时间太久了，肖芃就诧异地看到，小小的生灵，仿佛读懂了她的心似的，也从眼底里，现出一份哀求。

肖芃走了过去，贴在它的左侧，蹲下身，一边爱怜地抚摸着它的头，一边轻声细语地询问：“可爱的——宝贝儿，你肯定受惊了，对不？你一定亲眼目睹了主人被惨杀的整个过程，是吧？你一定亲耳听见了主人求救的声音，对吧？可是，你却不能告诉我：谁是凶手？你是在为你的主人悲痛、愤怒和不甘，是不是？”

说到此，小生灵竟然懂了，一双幽深幽深的眸子里，流出来两颗大大的泪珠！

顿时，肖芃心头柔情汹涌。

她紧紧地搂抱住了那脏兮兮的脑袋，将脸紧紧地贴靠在了一起。

只见它将它的嘴巴鼻子眼睛，一起朝向肖芃的脸，伸过来，顶过来，紧贴着、磨戳着、哀鸣着，甚至它终于自己主动地、信任地离开了它所站的位置。

肖芃轻轻地拍了拍它的臀部，意为：放心吧，我一定给你再找个好去处。

可是，它却哀哀地长鸣了一声，右前蹄还不停地踢踏、摆动着。

肖芃震惊：它的蹄子下，压盖的，是个什么东西？

赫然显现的是：一枚小小的白色的有四个孔的衣扣！

像是白衬衣袖口处的单排小扣之一。

难道是凶手遗留在凶杀现场的物证？

现场分析会上，肖芃要求重点查证：有谁，平时爱穿白衬衣？现在袖口扣子是否有变？

焦点，渐渐集中在了被害董事长的副手林康身上。

有人反映，他是个农大畜牧专业毕业的大学生，曾因胆敢亲手杀生，被董事长赏识，没几年工夫，就成了副手。

那是那年，要过“国庆”了，董事长决定杀一头不再产奶的老黄牛，为节日添些亮点，也给工人们一个想头。

过去，也有个屠宰手，但那家伙总要抬高工资，被解雇了。

董事长派遣众人，费了九牛二虎之力，将愤怒却倔强的力大无比的老黄牛，捆绑在了两颗大树和四根木桩之间，并将它的四肢死死地固定在了木桩上，使得老黄牛不能有一丁点的自由活动的余地。

三样屠宰工具：一把菜刀，一柄匕首，一鞘长剑。本来，有专业刀具的，可是，被那个屠宰手窃走了。

偌大的奶牛场，竟找不到一个敢动手的主儿，都是一副呆若木鸡的样子。

夕阳西下了，老黄牛还在凄惨地哀叫着，一声高过一声，仿佛乞求着怜悯。

是畏惧老黄牛的浑浊的突出的哀求的湿润的大眼睛吗?

董事长指示："拿麻袋来，罩住它的脑袋!"

一阵子手忙脚乱，老黄牛满是泪水的昏眼，被盖住了。

还是无人乐意或者胆敢亲手杀戮它。去请专噬屠宰的人，也终于空空如也地回来了。

天，已经黑魆魆的了。

董事长指示："探照灯，打开!"刹那间，明亮的光芒，照耀了整个夜空。

"谁上？就奖谁！当我的左右手!"董事长叫嚣起来。

只见一个文弱的身着白衬衣的男青年，径直走到了刀具跟前，仔细察看后，拿起了那把长剑。

他用左手擦拭了几下刀刃，满意地点了下头，再走到老黄牛身旁，完全是一副笃定的神情，揣摩地转了一圈，来到老黄牛的正前方。

老黄牛好像感觉到了被毙的气息似的，妄想踹开男青年，庞大的身躯剧烈地扭曲着，发出更惨烈的鸣叫声，凛冽而渗人。貌似屠宰手身上确有一种气场、生灵，一旦感受到了那种恐惧，就会格外哀鸣。在场的人都泛起了鸡皮疙瘩，表情惶乱又恐怖，心里更有了惊悸。

男青年双手握刀，眼视前方，眨都不眨巴一下，就将锋利的长剑，一下子从老黄牛的脖子下，前两腿之上，正心脏处，直直地硬硬地捅了进去，深深地、狠狠地，以至于他再猛力一抽，想拔出长剑，竟然都未能完全如愿！连带的是那吼叫的老黄牛迅速哑巴了，瞬间，从剑口处，一下子喷射出来一注鲜红鲜红的液体，溅了他一脸一身。那股强势的流注，实在是太猛烈、太突然、忒气势了，冲击得他几乎一下子就屁股后着地，瘫坐在了地上。

人群也愣怔了，惊颤至极。

终于，他在董事长的搀扶下，站了起来，但是，他的双腿依然抖动着，脸色铁青，双眸惘然，似乎已然变为一只涂抹了一身血腥的野兽。

第二天，人们度过了一个美味滋润的节日。

据说，只有林康，坚决地拒绝品尝。渐渐地，人们还发现，他戒荤了。

他说："我有了一种对生灵的恐惧和怜悯。我再也不敢杀生了！甚至一只鸡、一条鱼。我是个素食者！"

肖芃询问林康的时候，就紧盯着他的双眸，逼问："你那件沾满了鲜血的白色衬衣，不穿了？"

一丝疑虑闪过，林康仍旧颇不以为然地说："我洗干净了，当然要穿的。"

肖芃感觉：一个悲悯生灵的善良人，绝不会继续身穿那一件曾经血淋淋的衣服的。血液，一旦沾染，就永远也不可能清洗的没有了一丝一毫痕迹的。

况且，那种血腥气，那种诡秘味，能如此这般的天天笼罩在一个男人的躯体周围，只能说明一个问题，那就是：此人杀生，小菜一碟。

或许他仅仅需要的是：在众人面前展示自我的善良品质而已。他很清楚，自己骨子里面的那份凶悍、那份狠毒，还有的就是那份害怕再被舍弃掉了的危机感。

肖芃就是从这一刻起，在第六感里，为林康留下了一小块疑惑、困顿和警惕的处女地，之后，这块地的面积，就越来越拼命地往外扩张、蔓延，势如破竹，电闪雷鸣，根本就不屑再和她有任何的商量、谈判，就气焰嚣张地霸占了所有领地，让她根本无法入眠，直至铁证了：林康就是凶手。

从而完结了一条妄想出人头地的知性男人的生命。

青玉案

青玉是个漂亮女警，身边自然就彩蝶翩翩。

青玉是个心高气傲的足球迷，蝉联冠军的王子队中的那个足球王子，一个倒钩进球，如同闪亮华丽的焰火，一下子就照亮了青玉的心……

那次大练兵，青玉被男警背上肩头、摔下地的时候，蓦然以为自己也要倒钩一个进球呢，结果，尽管事后人人都夸她落地的姿势优美潇洒，但是……青玉的玉腰，还是毁了，整整一个月躺在病床上，不能够自理。

不过，倒是有了休养生息的机会，当然青玉也挺懊丧的：警校时候，水泥地上敢和男生打斗的野丫头，如今却虚弱得如同一株玉米秆子，嘎嘣脆了。

要说玉米，青玉现在倒是会乐了，可是少女时代，她曾多次急气白脸地跟爸妈哭闹，一个劲要求改掉“玉米”这个名字。小男生放学时候，总是追逐着她，大喊大叫：大玉米、细又长、叔叔带你钻纱……帐！那时，青玉总是不等“帐”字音拉长、转弯，就已冲进那些小男生堆里扭打……次数多了，“玉米”也就变成了“青玉”。

爸妈说过，当初，作为知青，第一次感受到了那柔柔的细风，甜甜的水汁，亮亮的星月，美美的情愫，就是因为爱情里的男女躲进了玉米青纱帐里。所以，后来，他们就给爱情的结晶起名叫了“玉米”。

小青玉感喟：姑且原谅二老吧——青玉……彰显得还算有品味、有质地啊，更不失父母的永久记忆！

终于，青玉在病床上看到了报纸上刊登的一则球赛消息，并知道两万张球票早在前一天就售完了！怎么办？

青玉可不是个想干什么又不立即去做的女警，她要求上岗，不成；

又要求换岗，依然不成。无奈呵，这是老规矩了，每当这样的执勤，女警一向就得靠边站站！足球场，向来是男人的世界嘛！青玉决心听从哥们的建议，穿上自己的警服，混在上岗的同事堆里，进场，近距离地揣摩王子风采。

青玉就是莫名其妙地喜欢足球王子的那份拼命精神，尤其是规则内的狂野，显示的完全是男子汉气概。而球迷们营造的那份激情和快乐，海洋般地席卷了体育馆上空，特别是那锣鼓喧天、浪潮迭起的景象，更让青玉感慨万千……生命的意义，就该是这样升华的！

终于，自己的升班马主队逼平了冠军王子队，这可是第三次逼平了一支强队啊，魔鬼球场尽显魅力！尽管感觉错失了两个进球良机，但是青玉心灵深处隐隐的还是觉得，这样结局最好，至少王子不会太失落、太沮丧。虽然此场邂逅，没有瞧见王子之拼抢雄姿，但是青玉可不想让自己心目中的王子太郁闷。

胜败乃兵家常事嘛！何况结局是平局呢。

刚一散场，为了一睹王子的英姿，青玉追星族般地提前跑到体育场外，在狭长的主客队的汽车必经的马路上，等候着、期待着，她决心要用手机拍下王子的容貌，然后，在思念的时候打开手机。

青玉羞涩了，红润漫上了脸颊……

主队的大巴在夹道欢送的鼓掌声中远去，青玉又迎来了客队——王子的大巴。青玉不再鼓掌，而是面色潮红地奔跑着，高举着手机追随着，拍呀、拍呀，她不知道能不能够抢拍到王子的身影，但是，她清楚，这是她唯一的机会，不能错过的……突然，她定格了，心跳仿佛猝停……眼前的这一幕，是真的吗？她用左手使劲擦了擦她那双黑亮的眸子——那王子，真的，正在伸出右手中指，倒钩着、比划着，一脸的恶狠狠的鄙视，嘴还一张一合地骂着什么！

青玉好屈辱呵，几乎是下意识地又按了一下手机的按钮……继而，她听到并且看到鼓掌的球迷们，开始追赶客队大巴车，尤其是一些小伙子，纷纷摔出了手中的水瓶、杂物……大巴后窗玻璃碎了，就仿佛是青玉的心！

大巴司机跑过来，叫道："警察，我的车被砸了，怎么办？"

青玉茫然一笑，淡淡地说："打110，报警呗！"

青玉真的忘记了她就是女警了吗？呀——她的腰剧痛起来，可是怎能比得过她的心之疼痛？如同被检查出瑕疵的青玉石，再也无法显示纯净、透亮、完美了。

司机投诉了这个女警的不作为。青玉先是被禁闭，再被全局通报批评。局党委更因为她不举证、不接警，责令她调离了警察岗位。

青玉一直沉默着，眼睁睁地冷看着魔鬼球场的被足协的罚款、警告，自始至终没有拿出那份手机拍来的证据。

她知道：或许，这个城市万余名狂热球迷之火爆形象受损害了，或许魔鬼球场被玷污了——但是，青玉这辈子狂热爱恋的王子没有了呀。只当是一份祭奠吧，毕竟这也是她能为那个王子做的唯一的可以保护他的事情了。

又或许，从此，王子的质地也许会纯正起来？

祸兮？福兮？

青玉黯然……谁又能慰藉？

蝶恋花

章菁当上局长，终于成一把手啦！坐在老板桌前，她惬意地开始打量这间局长办：很大很高，呈扇状，背后的一面弧形墙是落地大玻璃窗，阳光灿烂；另两面墙壁摆放的是通体的书柜，汗牛充栋；一抬眼，就可以跃过中间搁置的可以坐下二十人的漆黑锃亮的真皮沙发圈，直通通地看到门。不过，她还是最喜欢老板桌拐角处的那束紫色勿忘我，幽香怡人。

章菁很明白：指挥若定的女干将从来都不是靠在办公室里耀武扬威的。

她成立了一支机动队，分为三组。

深夜，她亲自带一队，神出鬼没地清查娱乐场所、洗浴中心、夜总会。按照公安部规定：一定时期内，辖区被查处两起以上的黄赌毒案件，就地免职一把手！天大的事，不就怕一个较真吗？只要她一见黑夜里哪里闪烁着霓虹灯的斑斓色彩，她就手一指，厉声喝道：“喃——那儿——查！”

查的第一家是富丽堂皇的会所，章菁刚刚停好车，一个经理模样的男人就跑过来，低头哈腰地说：“欢迎欢迎，欢迎章局指导工作！”气得章菁眼前火花直飞——她对秘书悄声细语道：给我查清楚，谁是他的后台！泄露行动机密者，严惩！

查的第二家是迎宾小姐野鸡般地在门口咯咯直叫的夜总会，章菁让一组人堵在后门，另二组人随她跑步冲入，三下五除二，果真抓获了一对嫖娼现行，三桌赌博二十人。

凌晨三点了，路过的洗浴中心依然生意红火——按规定，理应打烊啦，可门口那些亮闪闪的小星星仿佛就是在挑衅、在鄙视——章菁就将剩下来的机动队员再分成两组，前后夹击，果真又抓获了三对嫖娼三桌赌博现行。

颇具成效，她很高兴。人还没回到办公室，分、县（市）局的那些“长”们就如同百花盛开时的向阳性，纷纷向她靠拢、绽放。

以后，每当巡视的时候，她只抓“两点”——各单位的入口点：小食堂以及出口点——厕所。发现脏、乱、差，蚊蝇飞舞，她就雷霆大作，又是现场会又是通报批评甚至禁闭一把手责任人。

一把手们个个如履薄冰、言听计从。于是，全局上下的卫生状况大为改观。

也很快，她就发现，主抓刑侦的副局长很不待见她。党委会上，她就让他失去话语权——每当他说：“我说两句。”章菁就毫不客气地说：“散会!”全然不看被狂风暴雨袭击之后一下子衰败了的“盘中取果”——牡丹花儿一眼。

会下，章菁不闲着自己，她立刻密诏来刑侦支队长，掌控案情，洞察走向，呵呵——能难住刑警出身的她吗？架空？更无可能性。

大年三十凌晨，她和政委一起去慰问特大持枪抢劫银行案的专案组。在门口，邂逅保安趴在桌上呼呼大睡。章菁一拍桌子大骂：“小子！你不要命，我的刑警还要命呢！你——给我滚——”政委看不过，说：“下不为例，下不为例!”章菁立刻针尖对麦芒，大骂道：“你——TMD——干吗事事都要与我作对？一边去，走开!”

政委一下子气得心脏病发作，住进了医院，所写的上告信件叠摞起来足有一百公分高。结果，却被编委撤销了这个正职的岗位。

如同百花凋零，凡是警察，一面对章菁的时候，个个都似寒风中瑟瑟发抖的花儿，没了硬气、英气和灵气一样。

凌晨，章菁躺在卧室里，凝视着淡紫色灯光下淡紫色墙壁上斑驳诡异的光影，忍着疼痛，也思索：疑惑过于霸气？毒气？自诩的中性人，也许还得像个女人，才能在这特殊时段里，不再暴躁不再焦虑不再疼痛？她不禁有点梦幻那份通体舒畅、神清气爽的滋味。

过了几天，她发了一个群信，给三个男人：速回电。刚放下手机，就有了回响。第一个回过来的果真是秘书，二十八岁，英俊又强壮。进到卧室来，章菁就翻过身去，软软地说：“我腰好疼，你帮我推拿一下，好吗?”小伙子满脸涨红，扭扭捏捏地开始摁、拍，不知怎地就变成了摸、揉。章菁发现他不仅手指僵硬而且还都得她来引领，尤其是她还尚无感觉呢，他就一泄千里。章菁有点恼，问：“没做过?”“是，第一次，还没谈过女朋友。”“为啥?”“大学时忙创作，现在又忙整材料。”章菁想：唉，无聊。

后来，章菁感觉又要到那个时段了，就再发一群信，给三个正年富力强的新任一把手。第一个回进手机来的是那个三十八岁的男人，章菁感觉他的手指很哆嗦，那物件却好使，章菁都彻底满足了，他却还在硬挺着呢，察觉到章菁停止了呻吟睁开了眼睛，就立刻一溜烟地蹭下来，怵立在一旁。章菁不禁索然无味：唉，真无聊！

过了一段日子后，章菁又念及那帮退二线的一把手，该没了仕途之念，如沐春风了吧？她又发一群信，给三个有点气质有点内涵有点果断的男人。第一个回进手机来的是那个四十八岁男人，章菁感觉他的手指特别柔弱，那物件却软塌塌，焦急又忙碌的他整个儿使出了全身吃奶的劲，依然故我的软塌无力。章菁痛心疾首，唉唉，怎么就这样都百花凋零了呢？真应了李白的狂歌：“我本楚狂人，凤歌笑孔丘。”

打住吧，打住吧。

一个声音说：“除非地陷天塌，除非地球崩溃。”

章菁想，还有一个办法可以迅速地结束这一切的：呵呵——醒过来，快醒过来吧！章局。

爱的迷惘

小女子一个人散心，最美的地方，该就是美景仙境九寨沟了吧。宁肯行走在九寨沟森林栈道上，如此这般欣慰着一颗伤痛的心儿。

蜿蜒的九寨沟森林栈道，仿佛是一条金丝线，把沿线的一道道美景串成了一根光彩夺目、晶莹剔透的项链，或石块铺地，或栈桥凌空。无论路、桥、亭、阁，都充盈着山林野趣。建筑风格朴素洁雅又灵活多姿。栈道上，有的亭阁，依树而立；有的则以树为中柱。人们向树小憩、临阁观景，都别有一番风味。尤其一个人步行其中，幽长、死寂、清新的滋味，犹如行走在刑警行当里的感受，说是叫她流连忘返吧，不如说是亦真亦幻的滋味。真的跌入进来，未必如此恐怖和抑郁吧？一样的有着美轮美奂的仙境，且看每个人是如何提炼升华的了。一路走下去，赏景、听溪、戏鼠，都是人生路上不得不邂逅的妙趣。

栈道边，宁肯发现了九寨一绝：“腐木更新”的“龙抬头”。那是一株老木，倒入海内，被钙化了的树，隐隐透出乳白色的身影，仿佛一条长龙，静卧水中，那些侧枝，恰似游龙的足爪，栩栩如生。露出水面的不长一段树尖成了其它植物生长的“沃土”。小灌木、杂草、野花，密密匝匝的，盖住了整个露出的部分，酷似抬头张望的活生生的龙头。柔软的乔木植物，下垂着长长的叶片，随风飘荡，如若“龙须”在吻着湖水，湖面泛起阵阵涟漪，粼粼的波光，好似一条巨龙游进了湛蓝的湖海，无声地抖动着全身的鳞片，跃跃欲腾。路旁边那些幽幽的古藤，透着原始气息，覆盖其上的青青苔藓，发出异彩光芒。这不就是宁肯这个属龙的女刑警的象征吗？她唏嘘涟涟，感慨万千，仿佛觅到了自己的根。

沿着幽林栈道，一路下坡而去，穿越幽林，不久便到达了海拔2472

米，深5米，面积9万平方米的五花海，这是宁肯认为的九寨沟诸景点中最精彩的一个。四周的山坡，在秋色里，笼罩着一片绚丽的色彩，姿态万千，刀光剑影一般。水中倒影，如一株株彩叶，交织成锦，火焰流金。据说，那含碳酸钙质的池水，与含不同叶绿素的水生群落，在光合作用下，幻化成一团团、一块块，有湛蓝、有墨绿、有翠黄的一片斑斓梦境。

特别是那些和水下沉木、植物相互点染的高寒地带的冷水鱼——裸鲤鱼，是九寨沟耐高寒冷水区特有的鱼种，鱼无鳞、体积小、发育迟缓，俗称林叶子。一年四季，他们天天如是，在这清澈的五光十色里，自由自在地游来游去，悠闲潇洒，其美尤妙，令宁肯席地而栖，凝视定格，感喟至极：心志，既然如此神往和憧憬，何时才能抵达此境界？

哦。裸鲤鱼。林叶子。高处不胜寒呐！宁肯于默念中，游弋至一片喧哗中，定睛一看，原来是走进了高低错落那么一长排的瀑布群里了啊。嘈嘈杂杂，大珠小珠落玉盘的感觉，简直叫大病初愈后第一次思考人生到底该如何度过的宁肯再也迈不动脚步了。人有几个四十岁？俗曰：三十而立，四十不惑。宁肯却在这当头迷惑开了？索性坐下来小憩吧。望望眼前来来往往的人儿，琢磨琢磨人家的生活，也是人生一大趣事吧。记忆里的那份爱，既然不够热烈纯净，甚至充满了一种龌龊，那就失却吧，一切重新来过，只要心头还有一份母爱，未来还有一介期冀。

蓦然，宁肯的视野里飘进来了一对异国父子。高大英俊，威猛儒雅，举手投足之间总有一份亲昵味道。一股酸楚和疼痛升涌进了宁肯的心扉。她低下头，极力掩饰眼睛里的那份渴望和羡慕。之前，她从来没这般凝视过外国人呢。人家倒自信和洒脱，瞟了瞟她，毫不遮掩彼此之间的那份父子爱。宁肯自然也很坦然，心说，定是一对英国人，俊男该有三十五岁了，年少一点的，也有二十五岁左右了吧。哦，不对，他们相隔岁月不该这么少呀。

宁肯猛然一震，想再细细观察琢磨一下那对漂亮男子，却不料其中那个少男在近旁高呼一声：“小心，别掉进水里啦！”宁肯看到俊男正好跃起一大步，伸手一把抓住了那部放在木桩上的数码相机。他们相视一笑，美丽的恰似西施宜笑复宜颦。接下来，宁肯居然看到，俊男伸出右手揽住了少男的腰，对着他鲜红娇嫩的唇就是一个热烈的吻，然后，说：

“哦，甜心，你真是太可爱了，我现在就想——”少男却不经意般地一拧巴，躲过去了更深的亲密动作。

说的全是英文，恰好宁肯都听懂了。她宛若突然一张大嘴巴，一只苍蝇敏锐又漠然地嗡嗡叫着撞进了嗓子眼，震惊与恐怖一闪念，已然吞进了肚子。

宁肯痉挛。疼痛。恶心。梦游般地随着他们隐藏在了人烟稀少的诺日朗瀑布对面的峭壁上，那边依然是柔美之水飞泻而下的哗然訇然。

俊男举着相机说，再后退一点，再退一点点。少男惊恐一尖叫，身子就跌入悬崖，瀑布仿佛成了一幅千姿百态的隆冬冰瀑画卷。冥冥中，少男被神助般地抓住了一棵细树的枝条。俊男却抬起了右脚，边往下跺，边恶言道：“我得不到的，谁都别想拥有！”

此时，宁肯已身轻若风飙来，一脚踹在俊男的左脚腕上，就在他马上落地的瞬间，一把抓住了那一只乱舞中的左手，咔嚓咔嚓，指拷便戴在了俊男的俩拇指上。

后来，刑警巴西积笑问，宁队，何时决定开始跟踪的？

宁肯眯起弯弯眼，良久，说，少男身子的一拧巴，俊男的双眸里就闪过一丝恶毒一介诡异，给了我无数想象的玄机。

恨的冷漠

春暖乍寒的夜空里，梅花散发着淡淡香气，有点鬼魅。宁肯带着俩刑警已在国道旁搜索20余天了，谁能料想下一分钟会有怎样的险情出现？

一辆黄色面包车急驶而来。宁肯蓦然开启大灯，将车横在马路正中间，刑警飞速上前盘查。那个男司机神色紧张，话语支吾。一摸他肮脏的大衣兜，居然有两个手机？

宁肯开始拨打那几个被抢失主的手机号码，呵呵，第三个的时候，夜色中突然响起了“月亮之上”的歌声，刑警立刻拷住了男司机。很快知道他叫黎兵，是一个小时前刚抢走2万元现金和一只手机的现行犯。目前，他正在寻找另一走失的同伙。

宁肯急忙调转车头往市区方向追赶——渐渐地，前方影影绰绰里，一个人正步履蹒跚地走着，感觉有车驶近，马上跳进沟里东张西望，然后撒腿就跑入了那片梅林。好一阵角逐，才把那人押回，上车时一看：黎兵豁然在座，这个名叫严盛的家伙立刻失了魂。

巴西稹得意了，说，哈哈——我宣告，六起车匪路霸案破获啦！

凯旋路上，宁肯的手机响了：“什么？东郊垃圾场内，发现一个被煮过的人头和半截左胳膊！”她瞟了瞟那俩人，却见严盛的脸霎那间变得特别苍白。

据说，厅局长都上案件了。8个侦查小组成员都在案发现场用双手拨扒垃圾，希望觅出整尸块。

宁肯却按兵不动，双眸紧盯面色猥亵、精神恐慌的严盛。后者马上讨好地说：“我认识您。”

宁肯笑了，说："要不我怎会留下来陪你？我早想起来了。我实习时，你正好劳改释放回来，是我给你上的户口，对吧？呵呵，我们也算老熟人啦，只要你老老实实交代问题，我会提请法庭轻判你的！知道不？"

严盛低下了头，沉默。

宁肯递给他一只红塔山香烟，"扑哧"打火机窜出蓝幽幽的火苗。严盛颤抖着手，小心翼翼地就着火苗吸了一口。宁肯站直身子，见严盛狠狠地猛猛地吸了一大口，又慢慢地一点点地吐出来，烟雾居然就在半空中升起了一个又一个飘逸的烟圈。

宁肯发现他的眼眶湿润了，就又用眼神指挥刑警为他倒了一杯水，说："严盛呀，你不知道黎兵是个杀人不眨眼的恶魔吗？"

严盛刚刚接过水杯，听了她的这话，手一抖，水洒了出来，但他强忍着恐怖，故作镇静地喝了一口，似乎下定了什么决心似的，又一口气将水喝了一个底朝天，才哽咽着说："黎兵这家伙，真是太狠太毒太黑了！他曾说，越是铁哥们儿，越不可信！您想，他从小就被父母和三个姐姐溺爱娇惯，根本就不知道谦让为何物。凡是他想要的，没有他得不到的。小学三年级就被开除，进了两次监狱。这家伙，连别人多看一眼他的女友，他都会掐——"说到这里，他蓦然禁口，头上也开始冒出汗珠。

宁肯问："说吧，哪个狱友和你们常来常往？"

严盛的汗珠像黄豆一般滴落下来——宁肯想，这个时候，必须威严起来了。她的语气就故意带着不耐烦，厉声喝道："严盛！我告诉你，我是在给你最后的机会，哼——千万别等到你想说话的时候，却没你说话的份儿了，明白不？"

严盛浑身哆嗦起来，大汗淋漓。他伸手抹了一把冷汗，手留在半空颤抖着，眼神哀伤地说："好——好吧，我揭发，但您得答应，千万不要把我和黎兵关进同一间牢房里。"

宁肯笑了，说："你——放宽心，同案人永远不可能被羁押在一起的。"

严盛抖出惊人话："那个碎尸，就是黎兵干的。他把狱友申建掐死了，光分尸、碎尸、煮尸就用了整整六天时间。昨晚，我们才把人头、尸块等等甩进了李村村口的那个垃圾箱里。”

宁肯一个电话过去：“请问局长，案发现场的垃圾都是从哪个中转站转过去的？哦？真的有李村的吗？哈哈——报告局长大人，碎尸案告破了哦！犯罪嫌疑人两个，都在咱审讯室里呆着呢！被碎尸的，叫申建，也是公安部挂了号的主儿——抢劫杀人在逃犯。六天前的夜晚，他们狱友小聚。就因申建多瞄了几眼黎兵的漂亮女友，被黎兵警告，他就叫嚣：‘有本事，你杀了我呀！’结果，黎兵真扑过去死掐他的脖子。在场的严盛和其女友眼睁睁地傻看着一个人的生命结束了。后来，严盛不得不帮着黎兵买了10个黑塑料袋来抛尸。”

刑警巴西積递给严盛一支烟，问：“那——现在，黎兵的女友呢？”

严盛愣怔一下，说：“她傻了，呆若木鸡地坐在床上，天天如此。”

恋的惨烈

木子考上了财专，摇身一变成了一名女大学生，这对她来说，是个改变命运的大喜事。

早早的，她背着行李离开小山村，踏进了大都会城市，很快成为一家小饭店的女服务员。她明白，要上得起这所财专，必须先挣到学费伙食费才行。临上路时，寒酸的父母硬塞给了她 3000 块钱。她知道，那是他们到处哀求得来的，以后的一切都得靠自己了。

力气活，没得说，起早贪黑干着也毫无怨言。等到开学时，她得到了 800 元工钱，并得到老板的同意，开学后每晚依然能来干上 4 个小时的活给 30 元，呵呵，木子觉得世界充满了温暖。

新的环境新的同学新的希望，木子的白天都沉浸在了曼妙梦幻里。

一天深夜，飘起了漫天雪花，在校园的幽径处，一个中年男子的声音从枯草坪上荡过来：“喂——那位女同学，为什么总是夜归啊？这——隆冬腊月的，居然也不穿鸭绒服？”

木子定睛一看，原来是一个面熟的帅哥，干训班的学子。她完全没料到这个世界上还有英俊男人会关注她的言行举止，就有点赧色，没说什么，急急地走掉了。她清楚，她要一个人为大学的学习和生活费用埋单。

但是，第二天深夜，干训班学子在夜的漆黑里，白的雪地上，为她披上了一袭厚厚的鸭绒服。木子才从他人的眼睛里明白：哦，我，也是一个靓丽女生！

如胶似漆的滋味，实在叫人流连忘返。

有一天中午，在校餐厅排队打饭，木子猛然被一个三十多岁的彪悍女人扇了两个大耳光！然后，她才知道，那——就是学子的妻。木子眸子里记忆里睡梦里全都成了众目睽睽之下火辣辣的十只大红手印，以及一句恶言秽语："贱货！偷男人的鸡！看我叫你还敢不敢再偷！"校园里，处处都成了含沙射影般地冷嘲热讽，就连学子也不见了踪影。

木子很快就变成了一支圆规。

直到遇见了宁肯和巴西積他们，木子才凝视了面前来的人。

宁肯他们进驻这所大学校园，完全是因为一起震惊中外的投毒案件，168 名大学教师、员工和大学生不同程度地中毒，并已死亡了 2 名男大学生。

半个月的排查了解中，宁肯蹊跷地发现这个叫木子的 18 岁女孩子很另类，尤其那眼神特别，里面总有一股倔强、孤寂和狠毒。平时她也总是一个人独来独往，沉默寡言，家境也很贫寒。据说，曾经恋上过一个有婚配的进修生，后来又被抛弃。

宁肯断定："就是她，趁凌晨时分，悄悄潜入学院厨房，把剧毒药品混合进了一袋白面里。第二天中午，师傅蒸的卤面，就一下子撂倒了学院 168 人。"

刑警巴西積慌了说："宁队，这段时间您一直没好好休息，肯定累坏了大脑。您还是先去小憩一下，再来研究案情吧。"

宁肯怒道："专案组其他成员按照此思路，随我到女生宿舍秘密搜查去，一丝疏忽不得有哦。"

其实，木子的拥有物超级少。一套被褥枕头，一套洗漱用品，镶嵌在墙壁上的那个学生衣柜里也只有一件鸭绒服，一件毛衣，一件牛仔裤还有两件内衣裤。

就在那件牛仔裤的后裤兜里，宁肯发现了一点点药渣，是残留的剧毒吗？

请刑警大队刑科室检验确定：此剧毒与彼剧毒成分完全吻合。

再让一个月时间里全市范围内卖过此剧毒药物的药店 5 名售货员辨认，一个女售货员马上从一堆的女学生人群中指认出了木子。

木子坦白："我恨这个学校、恨这里的学生，尤其恨那个欺骗了我的感情和肉体的中年男人。我受不了他们的歧视、侮辱和谩骂，我就是要让他们尝尝我的厉害。”

宁肯在案件总结会议上剖析说：“这是一个性格内向、自卑、敢做、敢为的有着严重人格障碍的另类农家女生。从小她的自尊心就很强，可她的家境贫寒，学业也偏差，始终让她在这个世界面前处于心理上的弱势。自尊心强和心理弱势的反差，导致她在捍卫心理生存的时候，采取的手段比一般人更剧烈。这样一个从小没有朋友，亲情观念淡薄，再加上进大学后又失恋失身，就很容易产生报复社会、仇恨人类的恶毒心态。这种绝望的生活境地，让这个性格孤僻者，产生一种强烈的自我关注心态。要满足创造性的自我表现欲望，就得遵循一种心理的定式规律，即：我的‘生命受挫’，就要导致‘攻击转向’。于是，她在一种强烈的被社会抛弃的心态下——不甘心生命的潜力受挫，自然就开始了实施破坏性的行为。”

她铤而走险地走上了绝路。

狂飙状态

秋风狂扫落叶，暴雨肆意纵横。天随人意，全市的“狂飙行动”也拉开了动员大会的序幕……警察要和吸、贩毒分子较劲了，当然还少不了新闻媒体的推波助澜。

肖芃是个机关女警，也一样被横扫到了派出所，任务是百天之内完成至少三个吸毒人员的归案。压力大吗？要说并不大，以往，一夜就可以完成这指标。但是，现如今就不行了。因为媒体登出动员大会内容后，凡是在册的吸毒人员立刻就鸟兽散了。又因吸毒属于治安案件，不得跨辖区办案，想完成任务，简直难于上青天。然而，如若完不成任务，丢人不说还会被撤职！

下基层了，原来配置的普桑汽车也不得再使用，肖芃就好像突然没有了腿脚，更没有了什么思维和智慧一样。派出所也嫌弃他们这些机关来的人，毕竟要占他们完成任务数的，所以对待肖芃便极为冷淡。头三天，肖芃还想：只要能帮所里多写些稿件在媒体上发表，月底百分考核加上很多分，所长也许会给自己分配上三个任务指标来的吧？毕竟，也是老交情了。可是，她很快就知道，那是白日做梦。因为压力太大了，人人自危，所所艰难，大难临头各自飞吧，谁还顾得上谁呢？

恍若茫茫的黄河水，平缓舒畅下，到处是潜在的急促的漩涡。无奈，肖芃只好“出卖”了一个女友。女友过去曾诉苦般地告之其亲戚吸毒的苦楚，并说出了她的姓名，凑巧肖芃竟然还一下子记起了那人的姓名，这才使得肖芃立即通过常住人口信息系统，查出了全市共有十八个叫此名字的女人……一番年龄、男女、文化层次等等的筛选，最后剩下三人可待查。于是，肖芃就开始便衣挤公车、觅地址、蹲点守。一个一个地排除，最后就剩这一个。据邻居说，此女子的确吸毒，前天还见着来着！呵呵，因了她不曾被强戒过，没有案底，所以肖芃有了机会。肖芃就一个人从晚上直守候至第二天凌晨，那女子刚将钥匙插进锁洞里，肖芃就冲下楼梯一举抓获了她。可是，一尿检，却呈阴性！肖芃沮丧极了，女友也很快来电，臭骂了她一顿，声称从此剪断友情……

可还得完成任务呵，然而……肖芃几乎跟所有的亲朋好友都联络过了，乞求提供线索……终于，好像感动了一个洗浴中心的老板，出人意料地给了她一个神秘电话："电厂的虎子……"吸毒名单肖芃手头倒是有一大堆呵，重要的是他们现在是否在家？有无确切详细的现居地住址？这帮人一般都是"狡兔三栖"，权当作是活马医吧。找出真名详址，也不妨硬着头皮再去守候。初冬的寒风，很快浸透了肖芃单薄的毛衣，早晨她穿了件多功能警服短大衣，可现在，为了不暴露身份，她只好脱掉了，任寒风侵袭冰凉的心吧……三天后，天渐漆黑，一个瘦高个子、走路摇摆的年轻人悄悄地拐进了那个门洞，侧耳细听，仿佛真的就是进的二楼那家门？"砰"的一声巨响，合门的声音并没使肖芃寥落反而让她心头狂喜，惊跳不已……万一他狗急跳墙，从二楼窗口逃走，怎么办？请求援助……俩警察赶到后，一个堵在前窗，一人守在后院，第三人敲门擒拿……哈哈，天助肖芃也，竟然真是个呈阳性的吸毒分子！整整七十个小时的寒冬里的把守啊……那家伙在被送往戒毒所的途中，高呼："我是刚刚被你们从强戒所放出来的呀"。肖芃仿佛一下子就感受到了在严冬里被强行推进冰窟窿里的滋味了。

半夜，肖芃感觉自己开始发热，或许真的是冻感冒了？独身一人的她，怎能再惊动十五岁儿子的酣睡？好在冰箱里尚有一盒冰淇淋，权当降温药物吧？窗外似乎飘起了雪花，肖芃一勺一勺将冰碴般的夏天润喉物送进了嗓子眼处，真是冰冷、滋润、滑爽啊，肖芃不禁微笑了。

宅电突然巨响，局办公室通知："肖导，局党委命令你，立即赶往林镇派出所！"警察嘛，永远就是以服从命令为天职的职业。于是，在这个漫天雪花的深夜里，肖芃带着滚烫的身躯，半小时之内，打着的士，赶到了那个乡村派出所，就任了教导员兼刑警中队长职务。直至半年后，狂飙行动结束前，她未曾再回过家……儿子只好吃饭店、独自睡、孤寂读书。

各所总是保密自己完成任务的方法和人数。肖芃听说，某所派人，从西京上火车跟踪，只要发现人有吸毒的迹象，路过商城的时候就强制人家尿检，呈阳性，便“劫持”下火车来实施“强戒”。至于什么什么风俗习惯等等，那不是基层民警考虑的问题；当然了，她还听说，某所居然花钱买吸毒分子，一个两千元，省却了自己追获的艰难；特别惊讶的是，某所派出了精兵强将，到郊县甚至外地，打捞逃窜或潜藏当地的吸毒分子，不惜制作虚假的讯、询问笔录……否则，无法依法消化处理也是头疼的事情，貌似花自飘零水自流了。或许，狂飙横扫来的，全是些乌七八糟的东西；卷走的，竟是法律法规政策等等，警界所有人士宛若遗落在大海里的孤舟。

肖芃心急如焚。警察的职责、宗旨是什么？为民服务，倾心奉献——难道全都不存在了吗？但她首先不能工作落后。于是，她亲自出马：四下魏城，三进驿城，居然带回来了十个呈阳性的吸毒分子。十个啊……每当她威严地用试剂验过疑犯的尿而呈阳性，便在马路边的黑魆魆树影里，给提供线索的耳目或者跟踪擒获吸毒分子的外地民警数钱的时候，那种一手交人一手交钱的景象，不知道为何总使她想起鲁迅笔下的华老栓，那一幕交钱买人血馒头的景况——她的心灵深处浸透了悲哀和苍凉！心脏的疼痛感觉，就像正在绽放的花骨朵，倾听得到剧烈的“劈哩、啪啦”花儿碎了般的声响……

不料，肖芃还是晚了一步。市局强令：凡外地觅得的人犯！一律不准“强戒”！前功尽弃了不说，肖芃还“赔”进去了一万元……这钱，是她积攒着给儿子上大学的教育费啊。本来所长说：只要强戒成功的，一人奖励一千元。现在——肖芃眼睛里现出迷茫的干枯色彩，眼皮下净是黑晕晕……局长却还在中层干部大会上骂：“又蠢又笨，你们都会干点啥？”

苍茫一刻，肖芃仿佛被狂风暴雨彻底地席卷升空，她的笑声也越来越尖，好像还模模糊糊的瞟见：几个刚走进派出所大门的检察院工作人员……为何都怪异地仰望着阴蒙蒙的天空……是要执行什么抓捕任务吗……警察违法犯法也必得追究——啊啊，所有这一切星辰之外的梦魇，蓦然让肖芃快速醒来吧。

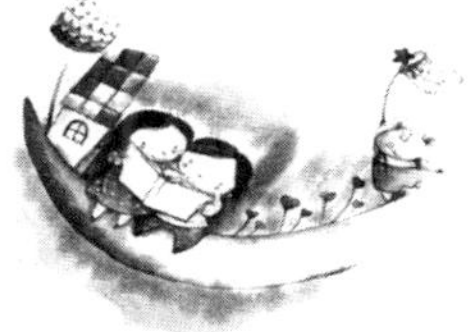

薰衣草下的罪恶

春风掠过开着紫色花簇的薰衣草地，风吹草低现出了令人震惊的苍白裸体女尸！

那对被惊吓之后拨打“110”的恋人之一就是我——一个刑侦女警。现场在距市区三十公里的荒无人烟的河滩地上，物证只有汽车轮胎印与脚印。死者年轻貌美瘦高个，胸部硕大无比。经过现场搜索，先后在河滩沿岸三公里范围内又寻查出测定死亡时间在三年内的七具尸骨，六女一男。

如此令人震惊的特大系列案，可否并案？仅有的现场证据线索显然不能充分判定。

桃林看守老人惊魂失魄地说：昨夜小解时，倒是见一辆车驶过大堤，好像还是警用车，因为车顶上好像有那种会闪转的警灯，不敢确定；车牌号？没注意。

我的眼前总是晃动着现场崭新车迹中轮胎滚过时留在地泥上的那道约4公分长的断痕！它使我想起瑾姐的昌河警车左轮上的刀痕。那是他的线人王然半月前用匕首扎出的，当时他朝着瑾姐远去的背影凶巴巴地叫着“我恨我自己！我不能没有你！”按规定，女刑警不能使用男线人的，但瑾姐是“头儿”，谁还没点小违规呀。尤其是瑾姐的这个男线人，曾经是某国企保卫处的副处长，众人皆知的瑾姐的铁杆追求者，尤其是三年前瑾姐的丈夫——某公司老总失踪之后。

我赶回支队，在院内见到刚清洗过的那辆昌河警车，左轮上的刀痕依然在。我内心又紧张又疑虑，蹲在车边找遍了有可能藏污纳垢的地方，我准备放弃。我怎能怀疑瑾姐呢？可我看见了司机座下推拉车座的把手上有黄色的泥沙！我小心地用专用袋取下这泥沙，我知道我不应该如此，但我还是将这袋东西移送技术室鉴定。

我很惶惑，我需要瑾姐的否定。可我找不到她的人影。

我飞车赶往她家。我有她家的钥匙，因为她六岁的儿子常常得由我去幼儿园接送和照顾。我特别佩服她精明能干、温柔美丽，曾破获过数起大要案，曾获过一等功勋章。

终于，一切不幸皆在我的预感中呈现：瑾姐用她的那把小手枪自杀了！

茶几上整齐地摆放着两封遗书：

一封显然是匆匆留给儿子的："好男儿当自强！妈妈对不起你！"

另一封竟是三年前写的："我没想到我会在二十四小时内经受这么多刺激神经的事：我竟杀了人，抛了尸！我竟杀了他俩——我丈夫和那个坐台小姐……全封闭式的'魔鬼训练'让全体女警三十五天未与家人通过一次话，那天深夜练胆守尸时，我内心只有思念。弯月繁星，更挼残蕊更拈余香更得些时，我却迎来了一位异性上司，以为是来巡查考验我的，却不料竟对我真的动手动脚龌龊起来，我惊惧又震撼，情急智生中，一个响亮的耳光，将我至于不知今后何以对的状态里，于是第二天我请了半天病假，不管不顾地径直回到市区家里，我静卧沙发里思考又等待着……可是等来的却是我亲密的爱人和那个坐台小姐。他俩根本未料到我会躺在客厅沙发里，一进门就激情四溢，丑陋无比……就在我丈夫勇往直前的关键刹那，他蓦地抬头看见了咫尺外冷眼相望的惊呆的我！四目交织，电闪雷鸣，有心肌炎的丈夫恐惧地吼叫一声倒下——那小姐与我几乎是同时奋起，但我比她快比她训练有素，她的不间断的尖叫，狼哭鬼嚎似的，逼我迅速抽出一个靠垫扑过去，死命地捂住了她那夸张的血红大嘴。我捂着……我的手机不停地响……她凭什么令丈夫如此神往，这样的女子竟也能侮辱我！我该如何整治这个一眼就可认定是坐台小姐的风尘女？我看见丈夫身体颤动起来，我觉得我有权利知道这一切的发生始于何时！可是在救助过程中，我发现两个人的身体竟渐渐的冰凉……冰凉……他们的灵魂是上了天堂还是下了地狱？不知过了多久，我听到如雷的敲门声：是打小就开始追我的邻家哥哥王然。我特别惊诧于他的到来，可他说是我接了他的电话后让他过来的。静默之后，我们最后选择了抛尸。”

“现在我恨自己当时的不冷静，恨自己让王然介入。”

“在我必须离去时，我无悔有怨，‘生当作人杰’与我已无缘。憾矣！”显然，这是新的墨水痕迹。

我的眼泪随着我的飞车在飘在洒，我在王然家抓获已服毒的他。

经三天三夜的抢救，他苏醒过来，对八具尸体的案件供认不讳：三年来，每当队里抓来嫖娼卖淫人员时，只罚不拘留。由王然开车尾随坐台小姐，到偏僻处，以送她回店为由，引诱上车后，用靠垫捂死后抛尸。

他俩心照不宣，默契配合，只是瑾姐从不让王然近她的身。

半年后，王然在看守所被验明正身时，他用冷漠的目光盯住我，粲然一笑，寒气逼人：我爱一个女人，可以无原则；我恨一类女人，也可以无规矩！我活着得不到的女人，死了我也会在地狱里拥抱她！

满江红

老张有三大嗜好。老张总是自己这样说。

老张讲义气，善良、正直、爱喝酒，喝酒看工作！喝！喝！喝完！

老张喜双升，休闲、当班、甩两把，生息练睿智！呵！呵！乐呵！

老张总想要揽尘土和云月，可是得“朝天阙”！老张便只好独揽满江红，孤寂徘徊吟咏：空悲切！

老张大名在外，全分局上下没人不叫他老张老张的，俨然全忘他还是个什么抓治安的副局长。

一日深夜，老张在家酒后酣睡，忽闻：有命案！老张醉醺醺开车去现场。路上，将车开进了乡间土沟沟里——老张自己又爬又走，满身是土又是血的，倒是笑呵呵地及时赶到了，但还是被市局局长死命狠剋了一顿。

过后，老张还是喜好那种喝酒时候的爽！更是嗜好烈酒过嗓子眼时候的辣！老张说：这才是爷们儿的活法！

只是有人发现老张酒量大增，悄悄一侦查，呵呵，敢情老张那酒有假了！

毕竟是老张，所以警察们并不吱声。

那天，老张被委派去说合警察家属楼地皮之事宜。危难之时，老张不怯，酒过三巡，老张的激将法奏效。那个村头儿脸红脖子粗，高声要来六个喝水的大玻璃杯子，“砰砰”砸得餐桌一个劲儿地直叫唤。然后，村头儿从自己的汽车后备箱里拿出来三瓶茅台，让那琼浆玉液欢畅地倾泻进了杯中去，说：“老张，哥们儿喝酒看行动！你敢喝完这六杯，老子我就把这块地卖给你们老警！”

老张不含糊，朝手下人喊道："合同协议书拿出来，老张我喝完头三杯，你签完名字；老张我喝完后三杯，你给我按上你的手印！盖上你村委会的章！"

村头儿脖子一梗，说："驷马难追！"

只见老张拿起筷子，夹了一大块肘子肉，塞进嘴里，两个腮帮子鼓鼓地蠕动着，黑亮的双眸直盯着那醇液，然后，右手拿起一杯，一仰脖子，杯见了底！再抓起，又一杯！再夺过，第三杯！脸不红，心不跳，震住了一桌子人。

村头儿讪讪地提笔写下了自己的姓名，合同书上歪歪扭扭地留下三块黑色墨迹。

老张说："拿——红印油来！"

村头儿迟迟地不肯按下食指印。

只见老张劈开手下人，夺过一杯，杯起杯落，酒水就落了肚；再看桌上，一杯在了村头手里，一杯在了手下人手里。

老张脸一沉，本来就很黑的面颊，一块红一块黑一块白一块黄的，说："给我，都给我，不就是酒嘛！男子汉大丈夫，喝酒看工作！快给我！"

村头儿怯怯地说："老张，你，是个爷们，我——认你了！咱俩——干一个！"

老张诡秘道："盖上你的手印和公章，就和你干！"

村头儿迟疑良久——抬眼看到老张满脸笑意，尤其那双黑亮黑亮的眸子深藏着的亮光——他立即伸出右手食指，蘸蘸红印油，在他的名字第一个字上开始，转着半个食指肚的印，摁在了第三个字尾。然后，走出包间、酒店，从汽车里拿出公章，回到餐桌前，用公章在嘴边哈哈气，再沾沾红印油，看看公章底，调调公章字体的位置，牙一咬，脚一跺，就盖在了他的名字旁。

老张放声大笑："好，好，你小子，一看就是个老警察！我认——你！"

说着，老张一把夺过手下人已经举起的那杯酒，与村头儿的酒杯"咣当"一声，俩人一杯定乾坤。

村头儿一头趴在了桌子上，老张却抓起合同书，叠好，放进裤兜里，笑着说：“告辞!”

但是，老张仅仅只迈出了一个大步，就一头栽进了手下人怀里——后来的半个月时间里，老张是在医院病床上度过的。

一年之后，七栋家属楼竖立了起来，近二百名警察终于有了自己的小家。

老张喝酒不要命，成了家喻户晓的事。

又一日凌晨，老张当班，有人报警，说邻居家有人被劫持!

老张带人赶到现场，发现那家属楼破旧狭窄，邻居几乎老死不相往来，只能听见屋内男孩尖尖的哭叫声——

老张着的是便衣，只见他“咔咔”子弹上膛，将枪放进右裤兜里，开始敲这个五楼家的房门，嘴里还高呼：“乐乐，乐乐，别哭了，爸爸回来了，快过来给我开开门!”

门竟然真的开了，一道缝，老张立即用右脚别在了缝隙里。

客厅里，一个暴徒一手持菜刀，一手狠狠地卡着一个披头散发的女人的脖子，嘴里嚷嚷着：“要的就是你，要的就是你，乐乐，他就是你那个混蛋爸？——那好，让你看看我是如何杀了你的女人的!”

老张笑了，挤进门内，说：“哥们，想要啥，说，我全给!”

暴徒狂叫：“啥都不要，就是来要这个女人命的！这个荡妇要够我了，又要和你复婚，我就要放她的血。”——说着，拿刀的手开始抵住女人的脖子，鲜血已经流出——

老张大笑了，高叫道：“哈哈——嗨！哥们儿！会玩‘双升’不?”

“会!”暴徒莫名其妙。

“那你说，是省会老大还是你的城市老大?”

“当然是省会——”

说时迟，老张已拔出手枪，朝着愣神的暴露出面部的暴徒就是一枪，然后直扑过去——

那一枪，正打在暴徒的脑门上，当场毙命!

老张再次被停职，等候检察院的调查处理结果。

老张一回想，也觉得神了，那一枪怎么就会那么准？毕竟是条人命呀！忐忑又郁闷的老张也不明白，为什么别人都没有听到什么，可是他怎么就听到了小男孩的哭叫声中有“爸爸，快来救我们”的意思？

后来，老张被明升暗降，局长说：“这小子，不成熟，去县局干干政委，锻炼锻炼吧！”

老张乐了，一杯茅台，咕嘟一声，一挥手，吟咏道：“全无敌！”

这一天，刚好是老张36岁生日。

水调歌头

（老张局长的正道）

深秋夜，张灿乍然惊醒。

依稀仿佛中，如同“渺渺没孤鸿”般地飘出了自己的房间，嘴巴里还喃喃叫着：“妈，怎么啦?”朦胧月光中，她蓦然看到一个人倒在地上，一块斑驳的白光恰好直射在正往外“突突”冒涌鲜血的白皙脖子上。惊恐愣怔中，她又瞧见，门口饮水机与沙发拐角处，居然还有个黑影。她惶恐转身，飞逃至自己的房间，锁死门，抓手机：“老爸，——爸！快来呀——快来——救我们!”

真似“突然浪起，掀舞了一叶白头翁”呢，这个高三女生张灿的爸爸，就是商城市公安局局长老张，一个年富力强、足智多谋的寸头短发男人，一个侦查破案硕果累累的二级英模。

现场勘查完后，刑警支队支队长肖芃对那帮赶过来的省、市各级领导汇报说：“死者系老张局长的夫人王蕴蕴，43 岁，致命伤为一把尖锐的七公分长的水果刀所致。凶手心狠手毒，一刀就割断了她的脖颈大动脉血管，致使她流血过多死亡。现场没有被翻动痕迹，死者手上的钻戒，脖上的铂金项链均未被抢走。刚才，老张局长和女儿查看后，也没见丢失什么东西，只是——客厅沙发旁，多出一个密码箱，内装 30 万人民币，无人知晓其来源。整个现场未见一枚他人的指纹、脚印。大院里的物业监控镜头中，也未见可疑人出入。”

肖芃瞟了一眼老张局长，蓦然注意到他黑黝黝的寸头，居然全白了？不会只是灯光照射的缘故吧？肖芃刹那间就在心灵深处咏叹道：“昵昵儿女语，灯火夜微明。恩怨尔汝来去，弹指泪和声。”

公安厅厅长凝视着老张局长，说：“老张，你——回避吧！”

老张局长的眼眶湿润了，眼睛血红血红的，黯然销魂般地沉默良久，一把抓起茶几上的日志本、笔和警帽，转身孤独离去——就在他视线扫过时，灼人的目光直烧到了肖芃的心里：“我欲穿花寻路，直入白云深处，浩气展虹霓。只恐花深里，红露湿人衣。”肖芃毅然决然追出去，却听得一句凄惨咏叹：“回首暮云远，飞絮搅青冥。”肖芃狂追大叫：“什么？什么？”去者却道：“推手从归去，无泪与君倾哪。这儿，肖支队，就全靠你啦——”

肖芃泪流满面。

要知道，因了那一起命案，他们已然一起熬了数个通宵，昨夜才终将凶犯抓获归案啊。兴奋之余，大家要老张局长摆庆功酒宴。别人都必须喝酒，独他以矿泉水为饮。五瓶水进肚，胃更受不了呀！曾经嗜酒如命的老张局长居然开始四处作揖告饶，一扫局长睿智、威严的做派。最高潮处，他居然接受罚酒而高歌一曲：“——我欲乘风归去，惟恐琼楼玉宇，高处不胜寒。起舞弄清影，何似在人间？——人有悲欢离合，月有阴晴圆缺，此事古难全。但愿人长久，千里共婵娟。”最后那句“千里共婵娟”，完全是十余名老干探齐声大吼唱出的啊，那轰鸣的余音，永远缭绕在了刑警们的心尖尖上。

这才几时？逝者如斯乎？神女也应无恙，当惊世界殊吧？

肖芃憋足劲，与刑警总队派来的刑警一道分析案情，制订侦查方案，派出万名社区民警走访调查排查。可是一个月过去了，不仅凶手无影无踪，还居然查出：一个月前，张灿实名存款一百万元人民币！

诡异。蹊跷。

老张局长和张灿直摇头，一脸莫名其妙的茫然。有人陷害？

肖芃恍然，找到辖区派出所户籍内勤，得知：有个漂亮女警来替办的户口簿，说是局办秘书。她们调出银行监控，歪歪辫子的警服女孩被锁定。户籍内勤一看，说：“就是她，冒充局长秘书来补办的户口簿。”肖芃心里直发毛，这不就是电视台跑“政法”线的女记者高星吗？

肖芃开始跟踪。她发现她，居然在河边高档住宅区里，有一栋她妹妹名下的豪华别墅。一周后的一晚，发现了商城地产大亨王品，居然就是她的情人。

果真，王品出手了：高星居然到市纪委举报，说“我是老张局长的秘密爱人，我知道他受贿了一百余万元。我要揭发他——我怕他会再派杀手，杀了我。”

老张局长被“双规”了。

“一点浩然气”顷刻崩溃吗？在市纪委的走廊上，肖芃与老张局长擦肩而过时候，不禁心内绞痛，那一双黑眸冥冥的恍惚，那一头白发飘飘的临风，可是原来那个铁骨铮铮硬汉？一阵“千里快哉风”的震撼，蓦然铭刻在了肖芃心头。

细细一思量，她只有快点拿到确凿证据，才可以对得起老张局长的浩然正气。他们彼此间的这份信任，不就来自于多年来日夜煎熬侦破命案的那些个日日夜夜吗？

揪出了大贪官，商城市真乃“到处莺歌燕舞”了，但肖芃心灵深处坚信“更有潺潺流水”。

一个月后，高星再度与王品相拥狂舞腾飞时，却被她有备而来的军人丈夫逮了个正着。破坏军婚罪，使得王品不得不面对逮捕。

肖芃借机探询高星，说：“诬陷警察的滋味，可会好受？倒是你真该害怕王品疏通关系出去后，杀了你这个败坏他的名誉、限制他自由、毁灭他生意的女人。”高兴立刻撕心裂肺般地鬼哭狼嚎起来——许久许久，不见动静，一抬眼，见沉默的肖芃是要走出门了，急忙恐慌地尖叫道：“肖支队，别走，我全都告诉你，求你不要放过那个变态狂王品啊。呜呜——我快要恨死他了——”

原来，因了老张局长不享受一个会五国语言的美丽硕士的处女谄媚，不肯笑纳那一百三十万人民币的贿款，更不同意在超豪华度假城开设艳舞夜总会、赌场，王品就决绝地开始了彻底铲除他的行动。

声声慢

急啥，慢——慢——来……

我抬起头，望望我的搭档……纳闷：这个小我六岁的男人，什么时候已将自己修炼到了这种慢悠悠的机关工作作风地步了？这不是从派出所到科室工作才俩月嘛。心理上，我不禁有点羡慕和佩服。是啊，我又不是“第一责任人”，我干着个什么急呀？这性子——

管——它哩，只要报过去个报表——不就行了吗？哼，不都是些形式主义的活嘛，谁会——看呀，只要——有——就行，胡乱弄个过去算了……他鄙夷地说。

可是，上个月您出差了，为了及时上报……我按照您的指示……应付性地……编造了一些数字，因为各派出所都没有按照新表来报数字……他们又催得急。

那……那就把那个表再报一次……

这——怎么能行？万一让他们——市局领导发现了，岂不太糟糕了？我回过头去，正好看到搭档的眼神，闪过一丝已经有些不耐烦的神情。那道扫帚眉间的间距，好像特别的宽阔了。咦……怎么以前从没有注意到呢？

……谁——看！但是……没有……上……报，就是……不行的。

我匆忙在我的电脑文档里翻找关于那篇报表的文件名，心里窃喜：好在当初发邮件时候，做了备份。不过，那数字还是有点变动才好，否则也太过分了——

发！谁——看呐。

还——是按照——上月的，报发过去？我简单改，改一下吧？

我心虚，害怕被上级通报批评，毕竟这是给上级汇报每月整个辖区的重特大案件防范及安全事故的数字报表呀！但是……我不得不加快速度，面对那些数码，我也懒得仔细地一一相加了，而得出的总数是否一致呢？顾不及了，反正这些数字根本就不准确。但是——

别——管它了，只管——报！

呵呵，蹊跷呀！我再次回头，平时面对百姓总是焦急说话行事的头儿，脾性真的大变哦，我看到了他那道淡眉之间距似乎变得更宽了，甚至中间还有了三道竖立着的沟壑……可是要穿越高山、江河、平原？我想幽默一下，没敢，虽然还是搭档，毕竟他是我的一把手。在警察行当里，位高一级压死人。我不再看各所报过来的乱七八糟的表格，我知道它们也是唬弄我们的，何况还得将各所的邮箱一个一个打开、查阅、核算，再填抄到我的表里。本来，谁都知道，这是内勤的活，可是我们的内勤常常号称有病在家休养呢……唉！各所的数字，水分太大了，且还不说未报的和报旧表的。也曾经想在月百分考核中，扣掉一些所的分，但形同虚设的考核方案，也拿他们一点办法没有，毕竟每次的绩效考核，并不是每个警察仕途升降的标准。

天下报表，就像写文章……一大抄，就看你——会抄……不会……抄！

或许是看我听从他的指挥了，搭档也便风趣起来，竟然唱出了豫剧——于是，我突然想起那天晚上去清查“都市村庄”，他分的任务量比我多出一个单元，最起码也要多出二十余户人家呐，但是，结果却是我比他晚了一个多小时才查完。让他等得不耐烦……一个劲地手机催我……好像是我整天夹着包，慢悠悠，微微腆着肚子，和蔼地招呼着熟人似的“漫漫”悠悠地“幽”过来“游”过去似的去赴宴。当然，也许我不该将被清查对象的姓名、打工地址、身份证号码，甚至身高、鞋码，都记录在册的。但也难怪，全世界都没人还待见我这种不见仕途进步的主儿了……十年了啊，一直生活在基层的指导员位置上，享受着一个副科级的待遇。够萌吧，这么较真。

我用鼠标点击了“发送”二字，同时回头看了下搭档，正好他的手机响起来……也恰巧看到他的右半边脸上刹那间滑过一丝等候已久终于盼来的窃喜，右脸颊上，闪电般地滑过了那道似乎极为惬意的笑意，继而锁眉一松，那江河便汇入汪洋……眉头之间宛然储蓄了一个浩瀚的太平洋，即使隔山隔水，也是隐没在了一片蓝色水面之下的，或许还涌动一股致命的潜流……那铃声响了又响，此起彼伏，直到第三遍的最后一声再响起来的时候，搭档才不再凝视手机屏幕，不再等待什么似的，按下了绿色按钮，慢慢悠悠地，说："嘢……？喔……忙啊……市局让上报什么重特大案件预防，什么辖区安全事故，什么学校周边整治落实的'八条措施'的报表哩，哎呀……忙死了，真他妈妈的……晕头转向了，累死了，累死了……哈哈……用……吗？咱——谁跟谁呀？……嗯……中呵，那……中……吧，一定——去。"

搭档关闭了手机，抬眼瞧见我正关注他，就说："晚上……银行崔处长宴请我……们，快过……中秋节了……嘛！"

我急忙说："我值班呢，您去吧。"

他脸一沉，脖一梗，悠悠地："只……管……去！谁……会查到？没……事，不就那点酒吗？这也是工作！"

五条禁令呐！被撤职、被清除、被关监狱的警察不少了！

哈哈，瞧你……认真的！知道……为什么——你……总是升不了职吗？就是——凡事太较真！咱……这可是节前搞的警民共建活动噢！谁……敢说咱啥？

我一转念，也就是，难道总是……只准州官放火，不许百姓点点灯？再说，我也得配合搭档做警民共建工作呵，不吃白不吃，不去白不去，去了自然容易打成一片了嘛！

那晚，酣畅到凌晨。

黎明时分，辖区一所高中的电脑室被炸，我醉醺醺地到达现场，局长气急，当场宣布："当班的居然胆敢酗酒，禁闭七天，撤职！"

之后，甚至睡梦中，我的记忆里，依然总是泛起搭档的右脸颊上，瞬间飘过的那一丝暗算的惬意……当然，还有那一股致命的潜流。

阳光味道

肖芃总是喜欢将被子抱到灿烂阳光下暴晒，无论春夏秋冬。

肖芃常常独来独往地读书、工作、照顾女儿，日复一日。

肖芃经常期盼自己的人生能有渴望有价值，哪怕仅是过程辉煌。

她当然有挥洒热情的地方，身为一方警官，就得为民服务为民除害；也曾创下带着单亲女儿吃住在派出所半年时间拼命狂般的工作记录。

人活着，就得如此这般的啊。

每每被灼热阳光烘烤得焦躁、干渴、流汗的时候，她期冀能有杯水该多好；常常面对美丽、勤奋又可爱的女儿的时候，她憧憬能有美好的未来多妙。

支撑起她这苦涩精神生活的，仅仅是那“黄金书籍”。或许，冥冥中也就是为了配合他的到来？

转眼女儿十八岁了，上大学，开始了自己的人生旅途。肖芃好似才大梦初醒：漂泊旅程原来真的只能靠自己独行了！

心有所动却又无可慰藉。

忽然一日，一则短信闯入：我已到家，请速将景区规划资料送来吧。

肖芃一乐：这个马虎鬼，一定发错了一个号。正想删除，又念：此人一定是个干事的人物，别误了他的大事。于是，她就将右手大拇指在手机上活动了几下：您发错了！

谁又能想到呢？这竟然成了她的“魍魉魑魅”。这个知识经济时代哦！

开始，手机，空中飞来飞去的细光，连接了两端世界，无限放远放大；后来，电话、细线重载穿梭的声响，弥漫了两颗心，扩充胀满膨大；

然后，视频、网络魑魅缠绵的视线，将彼此一片虔诚，像花蕾一般绽放。

在那个长江边横跨了铁桥的彼此都陌生的城市里，孤男寡女演绎了相见相知，抛洒了缠绵腾飞，彼此眼睛里尽显着的是神采飞扬之光芒，彼此脸庞上浸透着的是流光溢彩之辉煌。

从此，肖芃以为，他们彼此，就如那两颗茂盛的银杏，守护着千年少林寺，恒久地彼此枝叶缠绵，根系连理，傲然挺立。

为此，他们曾经专程拜访美丽魅力之悠悠的嵩阳书院，笑指：您宛如那棵大将军松柏，我只是那棵歪着身子生长的，却同样繁枝茂叶的二将军，虽然遥遥相望，却彼此牵挂，葳蕤相系，笑傲江湖千万年。

也曾经，肖芃渴求自己仅仅是那棵参天大树之下，那片自生自长的青青野草，至少可以相依相靠，也可以顽强不息，成为美景。

也以为，他会永远灿烂，就仿佛肖芃总是能看见的那个硕大堂皇又高朋满座的会议室里，一个咄咄逼人的少壮派专家，驰骋在专业领域里激扬文字，指点江山之身影。耳畔总是回荡着那句话：在我的领域里，我可不管您是老几，只要您不与时俱进，思想僵化，目光短浅，我就要说话，说真话，我得对社会、对国家、对自己负责任！

那是什么？一种境界一份奉献一股阳光啊。

肖芃常常想，难怪自己喜欢辉煌喜欢灿烂总是要晒晒太阳呢！

小女孩偷偷笑也是在夜深人静时分，悄悄地躲在被窝里，呵呵的吧？

然而，天堂也会妒能，地狱也要嫉情。人世间，总是这么浓缩人生精华，彰显挚爱坎坷的么？

辗转反侧，难眠彻夜，打开电脑，浏览新闻，本为的是等待他的再次到来，蓦然入帘的竟然是：“长江铁路大桥突然凹陷N列客车直冲入江水——疑似黄沙潜流毁柱酿祸，百名旅客生死未卜”。

竟然，恰巧，就是他所搭乘的那趟N列呀！再次睁大双眸：没错，N列。

惊恐、慌乱，泪流满面。等等，需静默、再冷凝：

黄沙，生态，这是他的专业啊。他苦苦奋战，著书立说，呐喊了整整二十年的长江黄沙水，难道也会“大水冲了龙王庙”？

魂断“蓝桥”，该是她的范畴啊，怎会如此绝情断义？

于是，肖芃还是一路不甘，前往寻觅。胸前那张照片，终于被一个小小女孩指认：就是他，就是这个伯伯救了我。

原来，水性特佳的他，是又一次将他人的生命置于了自己之上了啊！

黄沙水道成了肖芃的亲人。她常常半夜驱车前往黄河岸边，面对同样滚滚东逝去的黄沙水，扼腕感喟：为什么地狱总是如此剪断社会精英的生命过程？“潜流暗沙”才是必须防范的“黑子”啊！

岁月磨砺走的是焦躁和平庸；升华起的却是精神和灿烂。翻阅满载血泪记忆的日记，肖芃心头洋溢着慰藉的温馨：您生命中最后的力量其实是托举起了我啊！

于是，肖芃觉得自己每天都是在太阳光下，如星月般地闪烁着清辉。

当然，肖芃依然渴望那种燥燥的、亮亮的、甜甜的、暖暖的味道。夜夜品味，依然那么清香宜人，犹如他的那股魅力逼人的男人味道。

肖芃称那种味道为：太阳味道。

微醺味道

电话猝响，肖芃猛醒，是那杯茅台酒劲儿还是睡意酣畅缘故，头，剧痛。

肖导，入室盗现场，主人搏斗受伤。才凌晨3点3分呀，肖芃蒙头蒙脑地说，叫所长吧，我刚睡了3分钟。值班民警焦急道，所长没回所睡觉。肖芃一下子全醒，立即爬起，套上警服，撸了把灰脸，跑下楼，当班民警已经等候在她的汽车旁。

一路空旷，落叶缤纷，真是仲秋了，民警笑说：“今天可是节日了呢。”肖芃明白但也只能红着脸，安慰道：“所长为大家准备了一件红富士苹果。”一片沉默。说白了是一份强烈的不满。其实，肖芃真的很无奈，何况她更郁闷：今天还是她40岁的生日呢，本来她只盼着今天能回家见到已经三天未见面的儿子呢。当然她更恼怒，所长让她带着班，连轴转，自己号称夜夜都在所值班，却总是关键时刻不见其踪影。

这不，又是个现场，在一家大设计院家属院内。

显然，凶犯本想入室盗，却不料主人醒了，就拿匕首行凶，吃亏的必定是没有思想准备又身单力薄的女主人。女主人捂住胳膊，但鲜红的血，依然顺着手指往外流，她亢奋地描述着、诉说着案发情形。肖芃清晰了，绝对一个一人望风一人盗窃的入室抢劫案！

一边安排民警在周围黑黢黢的楼前楼后寻觅线索，一边通知技侦人员出现场，一边亲自开车送女主人去医院。消毒缝针包扎之后，又将她拉回家来，因为这又是个独自带女儿的单亲家庭，宝贝幼女尚在睡梦中。

“为何离婚?”

“当然是原则问题。”

“外遇还是嫖娼?”

“嫖娼。”

又是颗破碎的心。肖芃心酸之至，如今真是个道德速朽的世界，为何就不见和美温馨的经典家庭?

“看清凶犯模样了吗?”

“好像面熟，但那个楼下黑影，我却觉得是前夫。”

“如果是他，你认为他这么干的目的何在?”

“他一直想撵走我卖房，这房是他名下的。离婚时候，我除了女儿什么都放弃了，可我没想到他真的好心狠。他不就是想让我带着他亲生女儿流落街头吗?”

肖芃现在真的不再同情这样的不知道用法律来保护自己的女人了，冷漠道:“他在哪工作?”

“辞职了，搞了个洗浴中心，叫红辣椒。”

肖芃一惊，这不是上个月自己还在的那个派出所时候，清查并处罚过的地方吗?那老板的模样很儒雅，据说还是个物化专业的硕士呢。那晚，肖芃查到他的洗浴中心里有一对现行嫖娼、两桌赌博。

“他，叫王榀?”

“是呀，您认识?”

“哦，知道他。他为何下海?”

“是啊，我也不明白，自打他农村老父病逝后，他就整个变了，吃喝嫖赌啥都干。我们离婚后，他索性不当高工了，开了那家澡堂。”

“开这种店，要有幕后人呢。”

“你们所长王烧就是他的高中同学啊。”

肖芃再震惊。王烧的确是个龌龊人?三天前凌晨2点半，肖芃被一个电话招到这个所，该所原班子人马被局党委就地免职，王烧和她以及另外两个副职一起再次组成了新的所务班子连夜开展工作。当夜，五六个电话，都是中层干部同事们打来的，纷纷告诫肖芃:那家伙心黑手狠啊，那一起让市局局长恼火的聚众赌博案件，就是他不负责任地扣掉了报案人电话;那家伙可不能得罪的哦，五年前他的主管局长家门上的“臭死橛子”，就是他半夜给抹上去的呢;那家伙你可要千万小心哦，那次，那家饭店的老板不认识他，一定要他用现金埋单，他就掏出枪来威逼人家呢。肖芃眼前再次浮现出20年前，她毕业实习，恰好跟着他。一日，办公室内，王燒神秘地关上门，偷偷拿出本花花绿绿的杂志，硬塞给她。她翻开一看，立即满脸通红，羞涩难当，一把甩掉杂志，落荒而逃。之后，她坚决要求去了预审科实习。因为那是本港台色情杂志啊，恶心得肖芃失眠了好几夜。

手机蓦然响起："肖导，早点名不参加了？"早八点了？肖芃必须赶回所里，给全所民警传达昨夜九点召开的刑侦工作会议精神。还要布置昨夜"吃仙药"致死人命事件的追踪嫌疑人工作，以及这起入室抢劫案。该不该现在就公开所有的案情呢？

今日尚未见到王燒。敲敲他的门，依然静默。

110来电。肖芃只好又按照110处警要求，亲自带着人马赶到市府门前，这里一群下岗工人围堵了大门，求见市长。几个小时过去了，有一个电话，很执着，肖芃终于接下绿键："王榀？不行，我在执勤呢。不过，等我有空，我们倒是应该好好聊聊。等我找你吧。"

肖芃真没想到，又到了凌晨3点，她才能抽身回家。严格上来说，生日、中秋佳节都已然过去了。

汽车碾在落叶上，迎面扑来的秋风，真还成了催眠曲。手机突然响起，惊醒开车快入梦的肖芃。

"肖导，我是王榀，就在您车后呢，可以靠边停一下吗？"

肖芃撸了把脸，虚汗已将双手浸得很湿润。

原来王榀定要送她盒高档的月饼，说："刚好碰上了，就给您儿子吃吧。难道您给儿子买月饼了吗？"肖芃想，也是，顾不上，要不就收下？毕竟他不是很虔诚地告诉自己，他清清白白地干了这一月，也赚了万把块钱呢。走正道了就好，何况他的店并不在自己的辖区。尤其不能打草惊蛇啊。

但，接过月饼盒的时候，肖芃疑惑地盯了一眼王榀的那双雪白的手套，难不成因了要开车才戴上的吗？

家，依然落寞、冷清、布满灰尘。

儿子歪斜在书桌旁酣睡，桌上放着一束康乃馨，一封彩信。儿子该高考了，一切却得自理。肖芃怜悯地想抱起一米八个头的儿子，但显然是痴心妄想。儿子却醒了，一看："妈妈，生日快乐！"肖芃的泪水就落下。儿子的拥抱，满温馨的。瞧着儿子一头栽倒在床上，肖芃心就揪起来。那双运动鞋，脚趾尖尖都有了洞，随着臭烘烘的气味涌上来，原来袜子上也有了更大的窟窿。眼泪，默默地一个劲地在肖芃脸庞上流啊流的，甩掉了又出来，全落在了给儿子洗脚的水盆里。

打开那盒月饼，里面竟然还有一瓶经典的国酒茅台！好个精细的商人，竟然连肖芃最隐秘的嗜好——茅台酒都了如指掌。过往，常常失眠的肖芃最有瘾的，就是在这样夜深人静的时候，在自己的家里独自一人品味微醺。那滋味，如风如雨，如云如雾，包围、笼罩住呼吸功能，自然而然进入到她的肺腑里去，彰显得那么饱满、滋润、醇厚、悠长，常常让她闻香便有了几分醉意、几许困倦。要说，肖芃也喝过无数次的白酒，大灌、小喝、猛饮、细酌的感觉也都体验过，但凡能成为经典的东西，有些因素是骨子里就有的，是先天带来的一种优势和魅力。如今肖芃感觉手里就有了一股香气扑鼻，经典的酱香味啊。她情不自禁倒了一小杯，先啜了一小口。嘿，一通到底，上下全顺，尤其是过嗓子眼——常常令她疼痛万分的干痒的地方时候，仿佛就是"流淌着思想的液体"又热又辣并滋润了她，预示了秋冬之时的顽症——咳嗽——不再光临了吧？只是味道似有些怪怪的，再细品，蹊跷啊。

但，肖芃想速眠，明天还有那么多的事情等着呢。

她索性一仰头，一下子全吞了下去，浑身好轻松啊，酥麻麻地——热辣辣的肠胃，居然异常地疼痛起来，渐渐地变成了一种剧烈的绞痛——

肖芃蓦地大悟，却仅仅来得及摸到手机，拨出三个号，110——

弥留之际，她的脑底影像里，流连的是，雪白的手套——茅台酒——剧毒！

博　弈

肖芃一想起章菁，心头立刻就会产生一份疼痛，好似绳子在心尖尖上绾了个结。

少女时代，她们就是同学，或许那时，竞争就在潜意识里开始了。

毕业了，肖芃留在市局，渐升为一科之长，历经了恋爱、育女、离婚过程，成为一个被人当众辱骂为“勾引他人老公”的坏女人而回到原点，开始了派出所的片警生活；章菁去了分局，也渐被任命为政工科长，也体验了恋爱、育女、离婚过程，也变为了一个被追至办公室臭骂“婚外恋”的罪魁不得不再度返至起点，接受了派出所的内勤生活。不同处：肖芃是在离婚后，被另一离了婚的男人狂追——却引发了幻想复婚的小女人的妒忌。

同一个分局里工作、生活，自然就惺惺相惜而常来常往，交往更深切。然后她们一致认为赶上了好时节，成为了竞争上岗试点单位的佼佼者——肖芃第一，章菁第二，同时被任命为派出所教导员。不同处：肖芃所在的派出所位置更重要、更有权势、更繁忙。

不约而同，她们分别决绝地与别个女人的男人分手。独居，一个人抚养教育女儿。不同处：肖芃是主动要求，坚决抵制了那份狂追乱炸般地祈求爱情。章菁却是被欺瞒了一个复婚的事实后，不得不放弃曾经自以为是的挚爱。

肖芃喜欢漫无边际的交游，却感觉一个女人太易被伤害，如若有章菁在场，就很是轻松、快意，所以无论肖芃走到哪里，都要带着她。当然，最重要的是，章菁总是能够将肖芃心灵上、思维里尚未潜涌出的感受或者思想，淋漓尽致的在社交场合里表达出来。这种潜质，常常令肖芃感喟：实在是鬼呢。当然，也因此，便也有了些许的不满。毕竟，章菁所说的或者她所做的，并非就是肖芃的所需所要所想。

渐渐地，就有人开始反馈。比如有位市领导说：“肖芃啊，你的女友可比你要精明哟，比你要有心计呢，知道么？她冒充你电话找我，办了不少事情呢。刚才她本人来过了，要求我帮她给你们局领导打招呼提拔她呢，我这才知道，之前原来并非是你的来电啊。”还有男人来电说：“肖导，你的女友来电说，女人都是本书，不要翻开看看我这本书吗？你说，这女人，男人敢不敢去阅读呢？”更有辖区单位保卫处长来电说：“肖导，门卫不认识您，和您发生肢体冲突，很过意不去啊，您大人可不要计小人过哦！现在，我就带他去给您赔礼道歉吧？”这些飞来横祸所造成的不良影响，常常让肖芃疼痛、诧异、尴尬、难堪，直到最后，释然。肖芃想，怜悯一个独自养育孩子的单身女警的过分吧。

肖芃开始眼睁睁地看着这个女人的变异。比如为了引起分局的领导重视并不得不接纳她，章菁在教导员例会上，对着政委提意见，说：“您总要求我们善待民警，那您能不能也关注下我们这些女干部？”结果，政委只好体恤这个女干部，不仅常常同吃饭、同游泳，打成火辣辣一片，还将她提拔到身边来做了政治处主任。任命书尚未下达的一天夜晚，章菁一个电话过来：“哈哈——肖芃，知道么？我——胡汉三，又回来了！哈哈——”至今，一忆起那份来自灵魂深处的奸笑，肖芃就会不寒而栗。

那次调整，肖芃被调离了原派出所，明升暗降都谈不上地去了一个偏远的农村派出所就职。因有反映说，肖芃处处滥用职权，乱搞男女关系，在民警和辖区居民中反响极坏。

风水倒转，肖芃需要被章菁怜悯了：生病住院动手术，章菁送吃送喝的；孩子无人照顾，章菁带着吃饭洗澡；甚至与同事搭档的关系，也需要由章菁来双面协调了。据说，那份恶意般地在双方背后捣鼓话语的举止，也是为了肖芃能好好地与人相处？貌似强大的背后，其实，就是一种炫耀吧。

肖芃心灵深处已然开始淡化她了，距离感越来越强烈。

之后，彼此又都结婚。章菁找的是肖芃曾经的家的对门男人；肖芃找的是章菁曾经的家的对街男人。可她们不约而同地都是彼此婚后，才让彼此的他与对方见面相识，虽说肖芃至少晚了一年。第一次见面的那晚，章菁带着老公，幻想着要灌醉肖芃的新老公，结果她竟然一手强摁住肖芃男人的脖子，一手硬举杯大灌生啤玉液入肖芃男人的口，扬言“胆敢欺负我们，就带九个女警来收拾你！”然后，自己一头栽倒吐了一桌子。

新老公不解了，疑惑地问肖芃：“你们女警都这样吗？还是她在嫉妒什么呢？”肖芃无以言答。

继而彼此的女儿，也成了竞争的对象，肖芃的宝贝女儿直接考上了国外的世界一流大学，有奖学金；章菁的女儿却一直在高考——

一天深夜，醉酒的章菁来电：“你说你说，为什么你总是那么有福气呢？”肖芃笑了：“好了吧，至少你也转正科级了，比我强嘛。”章菁释然，诡异地奸笑，貌似那日那句“我，胡汉三又回来了”之笑。

不久，肖芃男人的前女友听说他结婚了，就前来纠缠、耍赖、打闹到了不得不报警的地步。在派出所处理此事时，章菁义愤填膺地出面办妥了此事。对此，肖芃一概宽容地微笑处之，甚至宽容体谅地让新老公很男人气得“赔偿”了前女友一大笔巨额的所谓青春损失费。

一天凌晨，肖芃突然接到前女友的来电：“你不知道吧？章菁这女人，太黑，拿走了我整整三万元钱哪！”

原来，章菁动用自己的关系和权力，指派办案民警，将讯问笔录改为了询问笔录，并将其中关键处的页面，抽离了卷宗。据说，是为了所谓被伤害了的女人利益。

肖芃的心，剧烈地疼痛起来。

深夜，吵骂打斗中，肖芃和章菁一下子没有拦截住那个总也考不上大学的蛮横女儿的匕首，被章菁的新老公反手相握，并一下子击中了那女儿的心脏——章菁愤恨中爆怒，一把拔出了血淋淋的匕首，直入了新老公后背的心窝处——然后，一跃身躯，就飞出了新客厅的窗户——肖芃仅仅来得及抓住她的警服外套衣领——蓦地，惊醒，一身冷汗。

肖芃想起，章菁的新家是在一个小高层的一楼。况且，她的新老公根本不准章菁的妈妈和女儿到这个章菁出钱购置的新房子里来，无论是探望，还是居住。

我也是个女人

那天清晨，我走到大街上时，大雪依旧飘飞着，地面上厚厚的积雪，因走的人多了，显得灰灰的、硬硬的、滑滑的。但还是有很多的人在争先恐后地抢着走，急匆匆地缩着脖子赶着路，街道显得依旧车水马龙。

我打不到“的”，只好去挤9路公共汽车。可是，快一个小时了，9路车仅来过两趟而我挤不上去，或者说是不好意思硬挤蛮挤，因为我是个女警察，而且还是个穿着警服并且佩戴着三级警督警衔的女警官。我很自觉，每当我着装时，我总是特别地注重自己的形象。尽管是整整提前了一个半小时走出家门的，但老天爷好像不想让我了却我的心愿：最后一天不迟到。我在市公安局工作，是公安报的记者编辑。采访时总是风风火火的，闲暇时却总是文文静静的。文笔优美、细腻、感人，人们都说，看我的通讯如同读小说一般，说实在话我被同仁们认同为才女。

终于，又一辆9路车驶来，拥挤的人流忽左忽右地涌动着，就在车子吱的一声停住的瞬间，中间门恰好停在我面前，几乎不需动，我就被拥挤上了车，恰好还有个座位空着，我抬着沉沉的脚步，一屁股坐了下去……

才女又怎样？都说警察有警察的苦衷，女警官有女警官的烦恼，“才女”嘛更有她的不幸。刚结婚那会儿不小心怀孕，我振振有词宣称：好女子理应先立业后要子，流掉了；后来又怀孕却在采访回来时被一个骑车的“愣头青”撞了个满怀，自然流掉了；再后来又怀过两次，不幸的是均在五十天左右的时候习惯流产了。在别人眼里最简单不过的一桩人生事，在我却开始成为最难的天大事。前天再次确诊怀孕，昨日便又见了红。妇产科医生检查之后即严厉地说了三个“必须”：必须保胎、必须输液、必须卧床，否则这辈子别想再有孩子！其实，没有就没有吧，但公婆坚决不允许他们家的烟火在我这儿断了，所以我还得去努力保胎，不惜牺牲工作、事业。女人呀！

其实，三十岁的女人谁不盼着有个孩子？前段时间我在还不知道已经怀孕的那天晚上曾做过一梦，梦见自己生了个小女孩，大眼睛，如黑葡萄一般；小嘴，如同红樱桃一样；还有胖嘟嘟的小脸，如同粉桃花。当下我就笃定：这个女儿要定了。所以我决定听从医生安排，真正做一回女人。作为记者，我可以请被采访者来到当做我办公室的病房；作为编辑，我可以在床上编稿、划版；丈夫可为我鞍前马后，杂活可由同事辛苦。

我不能去做此生没有孩子的女人。

车窗外的景色不停地变幻着，不时见到人倒车歪的景象。银色的世界不再安静，不再晶莹，都是上班族惹的祸。

“哪位同志让个座，让这位抱小孩的女同志坐下来？”年轻的司乘员大叫着。

人挤人的车厢寂静一片。

我心想，以前我何时在车上坐过？但今天我太累，我相信我面色更苍白了，尽管出门前特意抹了点儿口红。

“哪位同志是党员，发扬一下风格嘛，看看这位大姐已经抱不动这婴儿了。“男司乘员语气已带了些许的气愤。我觉得脸红了，可我真的感觉沉重、疲倦、头昏、眼花。

“喂——穿制服的，就好意思继续坐下去？“男司乘员带着鄙视的目光，嘲讽的语调。我的心像打了小鼓，我相信我这时一定面红耳赤。可我心里愤愤不平，咦，我就不信了，我今天就是不让座！为什么警察就必须随时随地为民服务？为何群众就不能为警察着想？警察也是人呐！女警察也有女警察特殊的情形啊！为什么就没有人为警察来谋利益？警察应当享有的权利靠谁来主张？

周围的乘客，你一言我一语，恶毒攻击，世风日下，道德沦丧等等。

低着头的我，终于忍不住了，抬眼提身站起，却见那妇人趁乱正左手抱婴儿右手伸进一长者的提包内。

二话不说，我猛地一扑，死死地狠狠地卡住那妇人的右手腕——缩回的右手里正夹着一只黑色的钱包！

我倒地的时候，感觉到了我的下身“扑哧“一下子流出很多很大的什么东西来，并且很快浸湿了我的毛裤、外裤，点点红斑渗出……

几乎所有人都怔住了。

长者、男司乘员更是不知所措。

我不想闭上眼，因为我后面还有很多工作要做善后处理。比如将妇人扭送派出所，比如让长者到派出所写出证人证言材料，比如……但我已经不能自我控制了，我眼前一片浑浊的星光。

昏迷前，我与男司乘员的眼神相遇。他，是否读懂了我的惋惜？要知道我的女儿没有了——女儿，美丽的女儿！我将成为没有生命延续的女人，一生并不完整的女人。

但，我只能喃喃争辩：我……也是个……女……人呐！

圈 套

肖芃说什么也想不到有一天深夜她会被不由分说地关押进了看守所。

遥望高高铁窗外的那轮弯月，她心底里满是狐疑：是谁设下了这个陷阱？

细细思索，依然匪夷所思。可是如果没有确切的证据，谁又胆敢动她？那俩办案警察兜着圈子询问她的话题，为何总是围绕着她的前夫？曾经的手下，一点口风不透就将她送进了曾经一直是她羁押他人的场所里来，她感觉浑身都在剧烈的疼痛，心脏疑似被刀剜。

第一个错，刻骨铭心。当初，真不该嫁给了前夫，一个很弱智的小男人，虽然长了一副英俊脸，高大威猛善良义气的模样像极了红脸关公，实质上，却是个智商情商几乎为零的小心眼男人。因为第一次谈恋爱，肖芃很珍惜，即使父母说他不够稳重不够睿智，但肖芃感到了一份热情与温馨，也就有了些许的迟疑。男人察觉到了，就痛哭流涕就频频下跪，信誓旦旦地立志要修正缺陷，就叫肖芃心软。于是她偷偷摸摸地跟着他去领了结婚证书。等到肖芃终于发现前夫吃喝嫖赌劣迹斑斑的时候，已然身怀六甲。为了一个未出世的孩子，肖芃忍了。以后的以后，就开始了一系列的迁就。无奈的迁就，甚至迁就于家庭暴力。儿子 7 岁时候的一天中午，肖芃回家，却遭遇他与一女共处卧室，美其名曰美发。嘿嘿美发美到了床上也就无语了。离婚。忍无可忍的离婚。之后的之后，因了工作的繁忙，给了他再回到家来照顾儿子的机会。一个作案的好机会——对外，他说，我老婆是公务员大头儿，骗得了一大笔钱财，且将肖芃的房子做了抵押。肖芃明白，只要她说知道这一切，并同意折价处理了房子还上那笔钱款，前夫就可能因缺失诈骗案件构成的要件而走出监狱。但是，儿子怎么办？不就是要儿子无处栖身吗？孩子，才是一切的希望。肖芃咬牙切齿地想，男人啊，不到最后一刻，永远看不透他心底里的卑劣。

第二个错，痛定思痛。干吗要信任了曾经的手下？俩经警俨然一副友好地询问有关情况的姿态，第一次询问肖芃情况时就设下了套子，说老领导，我们也是没办法，那个人乱咬胡说的，我们也只好来落实，您看——那是一个春末昏昏欲睡的阴冷下午，肖芃本来鼻涕哈喇子地感冒着，头疼欲裂地被手下询问："这些卷宗里的字体是否是你前夫的字迹？您到底是否收到过你前夫的还款？"字迹的确像是他的，还款从来没有过。那笔钱款是他号称要做生意她帮他借的，从一开始她觉得就会被打了水漂，但为让他安心照顾儿子而助了他及其朋友一臂之力而已。肖芃诠释了一遍又一遍，心也渐渐由尴尬变成了愤懑、难堪和委屈。后来，天黑了，寒气袭人。瘦高个的手下让她在笔录上签字，看她要细细阅读，就笑，说："老领导，您还细看我做的笔录？不信我？快快签字吧，我们还要赶回去开会呢！"肖芃知道下面的程序，就拿起两页纸，在第二页纸的空白处写道：以上看过，和我说的一样。签上名字以及年月日，然后用食指沾沾红印油，在一些该按上食指印的地方，一一按下了清晰完整的指纹印。

想不到的是，肖芃当夜就被直接送到了这里，她才恍然大悟。

圈套。这是个圈套啊。

夜深了，闭上双眸，迷迷糊糊的她猛然感到有人将一床被子摔在了她的脸上，一群女人疯子般地朝她的身体暴打狂踢。她咬紧牙关，一声不吭，一动不动。这种疼痛哪里比得了来自心灵深处的那份疼痛？她暗暗发誓：定要查清祸起缘由。

该是这样的：前夫想要做个大工程项目。于是，一朋友来做了出钱方——130万元，送到了前夫手上。前夫做了房屋不动产抵押——肖芃的家——四室二厅的商品房，欺瞒了出钱方——前夫本人没资格抵押这套根本不属于他的房屋。前夫拿到了钱款后，又转手将钱款悉数交给了所谓的项目方——几个惯犯骗子。弄到这笔钱，几个骗子立刻消失。断断续续地，曾经的手下透露出的这些信息说明肖芃被卷入了诈骗案，罪魁是前夫。

肖芃继续分析，她并不知情也未参与，案情很快就会大白于天下的。那么，很可能是前夫栽赃了5万元钱——诈骗所得钱款说成是用来清还欠她的款额了。呵呵，恐怕这也是一个小男人要报复女人的机会吧？过往，只要他来要钱，她基本上都是想办法借钱满足他的。为的就是让他多多关注一下儿子——一个正在准备中招考试的可怜孩子。

蜗居狱中，肖芃得到了友人相助开始阅读书籍。她深深体味着渴望的甘泉缓缓地浸透了心扉，疑似纯净的心儿潜化成了仙女。

一日深夜，肖芃蓦然忆起：当时，笔录上，曾有一处叫她有点迟疑，好像看到了第一页纸上有“第7页”“第13页”的字样，但是，她疏忽了，她当时想：是呀，这俩手下曾经与她亲如姐弟，都是她眼睛里勤奋、能干又智慧的好同志啊，怎可能相害？

如果他们未直接加害的话，为何迟至今日依然走不出“深宅大院”呢？手下们绝不会如此算计的，但保不准不会虚妄的唯上。那么，一定是原来的搭档。理该就是他，刚刚调任了一把手。一定是他，总要霸气十足地徇私枉法，期冀肖芃与他苟同合污，沆瀣一气。

也或许，是局长严厉批评他了，还是与他有私下沟通？局长是否在忌恨半年前那起受贿案件里她的铁面无私？

无论如何，肖芃刹那间泪流满面，释然。

如此看来，前夫呲着牙恶狠狠地对她说：“等着瞧，不跟我过，有你好瞧。”是的，时至今日，果真应验啦！谁叫你肖芃要和他离婚，居然过得比他更好？

难怪，一把手来探望她，得意之情溢于言表，说：“明知是赃款却恶意取得，更拒不退款，更坚决不肯承认曾经收受，你不喝稀饭谁来喝？”

集体失语。

凄凉滋味渗入骨髓，四面楚歌，危机潜伏。但肖芃抹去泪水，默念道，睿智才是一个优雅品质女人的品格。好吧，大家共同坠入幽幽的深渊吧！

安乐死

我知道大家都需要我的大脑、我的身躯、我的灵魂。

我就将他们撕裂成三瓣：一瓣给我热爱的警察事业，毕竟我是一名派出所所长，还有五十多号人等着我负责呢；一瓣给我不得不独养的正要面临“小升初”考试的十二岁爱儿；一瓣给我的不得不坐在轮椅上的老妈和被老妈照顾着的刚刚自杀未遂而成了植物人的亲妹妹，一个七十岁，一个三十三岁。

我不知道，近来，属于我的东西都哪里去了？我没有时间、没有精力、没有智慧。每一天的每一分每一秒钟，我都简直像一只无头苍蝇，焦躁地应付着来自各个方面的杂七杂八事宜，或在两个城市之间穿梭，或在一个城市的至少两个地方奔波。我的手机一直在此起彼伏，一次又一次贝多芬的命运交响曲奏响，就如同面临奔赴火场的警报，更如奔赴激烈战场上的枪声。我多么渴望有一只臂膀，能让我踏实地靠靠；我更渴望有一颗心灵，能像海洋般地让我自由地徜徉。哪怕仅仅是让我在夜深人静时分，独自享受寂静和睡眠。但是，这一切，我必须一个人担当。

我挣扎：我也是一个孤单的女人，一个女警，一介女儿，一位母亲。可我只能摧残我的肉身，并非有心却一意孤行地抛弃了赘肉，使得原本就显得很干练的我，更加枯瘦如柴。

直到局长的电话戛然而至，我才蓦然想到，我需要行动。他说：“肖所，你辖区群众有意见了啊，他们来电话问我，为何最近连刑案现场都看不见你的身影了呢?”行动，真的，我需要立即行动。

我找到我辖区医院院长，安排好了妹妹的转院事宜。临走，一脸憔悴的院长叫住了我，爽快地说：“肖所，我的 1 号救护车要大修了，司机刘师傅也要休假了——所以，人和车，就都由你调遣。”一下子，我的眼睛湿润了——现在的我，不是不需要这样的支持的。多年来，我和老妈积攒下来的十万元养老费和教育费，一个月时间就被妹妹“洗劫”空。

我朝他笑笑，咧了一下嘴角，点点头，憋住泪。院长笑了，幽默道：“原来，肖所的那双泉水般涌动的黑潭，还没有完全干枯啊!”我知道我不能再做停留了，我急忙一扭身，迈开大步走了。当然我不会忘记朝身后挥一挥手。

过往的岁月，他的医院，三番五次发生医患关系的纠葛。那次，一个心脏手术，病人死在了手术台上，家属就将祭坛设在了医院大门前；那次，一个阑尾切除小手术，病人穿孔了感染了，家属就带领一群亲朋哭天抢地的围堵了他的院长办公室；那次，一位名医专家悲悯一癌症患者，偷偷地依照要求，给了家属一种可以“安乐死”的药液，结果被告上了法庭。无论是治安案件，还是刑事案件，我都带着民警全力以赴地给解决了。

老妈她们远在千里之外的那座海滨城市的医院里煎熬着呢，一架推车，一个轮椅，自然需要这样一辆救护车。之前，我还一直在为怎样接回她们而作难呢。终于接上了她们，我焦躁地说：“快回家，要日夜兼程呢。”

老妈说：“我——想去，也一定要去——看看那海崖。”

我能不办吗？我们只好依着海边公路攀爬——我知道，妹妹这一走，就永远不可能再回到这个海崖旁了。

那里，是她的定情处、绝望处、舍身处——十年前，漂亮妹妹快乐地随着恋爱了一年的男朋友，第一次来到这。他却告诉她自己患上了胃癌，他说：“我们就此分手吧。这次游玩也算了却了我对你的一份心意。”妹妹这才恍然：为什么他们同居一屋，他却仅仅只限于拥抱、亲吻？妹妹哭了，坚决不同意并决绝说：“真分手，我就跳崖。”妹妹一向是执意行事的，结果呢，精明强干的妹夫就在这里给予了妹妹一个女人的妻子身份。妹夫是我的同行，一个侦缉网络犯罪的计算机专家，虽然年少但硕果累累。婚后不到一年，妹妹就不得不将妹夫送进了医院。化疗了三年，妹夫彻底病入膏肓。但只要一清醒，他就要出院，要到那海崖边来。

于是，妹妹偕同他来到了这里，可他却趁妹妹不留神，纵身跃入了大海——妹妹自此抑郁。本来为了妹夫，早已忽视了工作的妹妹，从此走上了治病道路。工作，当然只有吃劳保了，就这，人家老板还说，是看在肖所的面子上给予的关照。

那日，妹妹失踪。之后，被一对恋人从这大海里救了上来——妹妹成了植物人。

终于到了崖旁，我将老妈背到了小平台的石凳上，又和刘师傅一起推着妹妹下来，让推车几经折腾才在小平台上有了平稳之态，但总有一个角角，不能踏实地落在那块平坦的土地上。

我对老妈说："您扶着车，我来挂瓶。"

输液瓶必需挂在树枝上，我们才可以坐下来小憩一下。也或许，这里能让妹妹猛醒呢？毕竟这是让她记忆一辈子的地方。

刘师傅对老妈说："阿姨，您会着凉的，我给您拿个坐垫去。"

我呢，几经努力，依然够不到高高的树枝，只好一只手举着瓶子。自始至终，老妈的双手都在紧紧地拽着推车的铁杆，她的眸子也一直凝视着昏迷中的妹妹，嘴里不知道都在嘟囔些什么。我哽咽着，说："妹妹，你醒醒吧，醒醒——你——睁开眼睛看看，这就是你最难忘的地方呐——"

突然，泪水朦胧中，瞬间恍惚，我好似看见老妈的手松了，推车彻底失去了平衡——输液瓶掠过我面颊的时候，我本能地仿佛像要抓一根救命稻草似地扑过去，却仅仅抓住了管子——我的老妈居然蓦地站了起来，真的，站了起来，我看见她老人家的脸上，正有一颗硕大的泪珠，和老妈的白发一样亮晶晶的，从她的双眸里落下来——

她老人家的身躯，一个劲地向前倾倒、跌落——

我傻了，满世界奏起了"轰隆隆"的声响——

不，太空中还响起了一个苍老的声音，轰鸣着，在头顶上方，爆炸："为了活着的人！"

太阳黑子

父亲，您回来了？第几次？在凌晨，入我梦境。哦！第十八次了呵。难道今天，又是一个乌云密布、瑞雪飘飞的寒冷天？

十八年来，您的在天之灵，定要我践诺曾经的铮铮誓言：一个老共产党党员的历程，是谁也不能拿走的！要著书相论，不成书，您就死不瞑目吗？

父亲，知道吗？我实在恨您要走得那么突然，您才满六十岁啊！我一直不敢回忆您当初走时的那份凄然——追悼仪式上竟不给您覆盖红底金色的镰刀和铁锤构成的旗帜！那时，我真的好困惑。我的生活、工作、情感一团糟，都被您言中了。我不甘，始终如您似的顽强地抗争着。我的承诺，我自会饯行，只是现今我尚无机会啊。

抗战时候，您是个机灵的“红小鬼”通信员，因了您的睿智，地道战才会在平原大地上，享誉世界。至今，缠绕在我的眼前的，依然是解放军挺进大别山的那夜，您所在部队饥寒交迫中急行了整整的两天一夜。不料，在黎明时分戏剧化地与逆行的国民党军队近距离邂逅，并被他们首先发现。于是，全团人马啊，被缴械——这是团长的大意呀。被残酷枪杀的，可不仅仅是团长一人。您，一个十七岁的团部宣传干事，冒着生命危险，假借团长指令，串通各营、连、班的官兵，组织了一场被俘解放军的大暴动。尽管，最后仅仅只有七名官兵成功地逃离了魔掌，但您捍卫了一名共产党党员的追求和尊严。逃亡日子里，后有追兵，前途渺茫，您完全凭借着对党的赤诚，更靠了坚定的毅力，才在白色恐怖世界里，历时 28 天，找到了自己的部队，占领了南京城，又南战到了重庆。此时，在这个世界上，仅仅只剩下了你们三个出生入死、患难与共、南征北战的战友。倘若那时候你们能料到，你们需要彼此的证词才能洗刷你们后来莫须有的罪名——叛徒，你们说什么也要好好地活着啊！干吗又要奔赴朝鲜战场，只留下了您一个人孤零零地面对屈辱和批判？

是什么动力支撑了您的一生？倘若您知道，您也会有那么多惨痛的文革代价，甚至肢体残疾了，您还会这么执着地寻觅自己的队伍，投奔自己的心灵殿堂吗？当然当然，我知道您会的，绝对会，请不要瞪眼！我会怕您吗？小时候，您总是恶狠狠地高扬起右手，一把将跑回家的我拽到身边，以至于我总以为会皮开肉绽呢，却不料您总是将手落在了我的衣服外层，轻轻地抚去的仅仅是我身上的肮脏尘土——

也许您最不肯闭上双眸的，就是听到了逆耳微言：你——就是太阳里的黑子！也许您最肯默认的，就是您转业到一个知识分子堆里后，矢志不渝地维持中立、正义的标准，来主持旷日持久的“平反昭雪”、“评定职称”工作。那时候，您一定不了解人性的险恶，会在您年终的党员资格评定上显现出来。那些龌龊人，即使将您打入了人间地狱，您也一样在所不惜地主持着公平、原则，让该得到的，得到；让不该有的，彻底失却。您获得了许多许多，只是绝对没料到，有一天，无耻之徒居然阿谀奉承而主宰了一方水土从此黯淡无光。

当报纸的头版头条刊登了您让房的事迹，就有人悄悄地找到报社老总，说您是作秀！于是，再让房的时候，又有人大张旗鼓地说您纯粹是为了要更大的房子！第三次还要让房的时候，妈妈坚决不干了……因为三十余年来，作为随军家属，她也是一直颠沛流离、居无定所啊，那个一间半的小黑窝，我们一家六口成年人，已然整整住了五年了啊！那天，我第一次发现，您望着年少自己十岁却已白发苍苍的老伴，迟疑了！于是，“把柄”在握，就有人在您蓦然病倒在工作岗位上时，用文革时期惯用的大字报形式张榜公布，说，您的年度党员评定：不合格！其实，他们很清楚明白，他们是不堪一击的。就有人趁着您站在窗口，办理出院手续的时候，让一个疯婆子贴近您，然后诬陷您，耍流氓。面对您的申诉，高高在上的顶头上司，居然公然讥笑：“哈哈——你苗正根红，伟绩丰功，又怎样？太阳里还有黑子呢。你，就是那粒黑子！”

父亲——您，一个已有47年党龄的老八路啊，实在背不起如此罪名的——您，再次休克——抢救——等您刚刚能走动的时候，您为了给国家省钱，执意地走出了住院部。您是那么固执，对党又是那么挚爱那么期冀。您写就的申诉材料叠摞起来，足足有一百公分高啊。

父亲，您真是太受委屈了，但您依然不准许我们出面去告状。您总是说："我不是太阳黑子，我是一名合格的共产党党员！我相信，党不会遗弃我的。我的所谓问题，党组织一定会给解决的。"

人性的悲悯，并不来自您的倾诉，于是，您还是走了——没有盼来您的那份憧憬，冤屈地死也不瞑目地走了，您走得是那么匆忙、那样黯淡，那样不甘啊！

父亲，现在，您应该听到，也应该看到，清明时节并非总是雨纷纷的呀？十八年来，总有一缕灿烂阳光俯瞰着鞠躬给您的我，带给您各式各样的喜讯：您的所谓处分被撤销了！您的"不合格党员"被修正了！您曾经的住房根本不符合国家优待老干部的住房政策亦被落实了。您或许可以安息了？您坚守的党，真的还给您了一份清白！一个公正！

父亲，络绎不绝地半夜才敢来家抚慰我妈妈的您的同事们，就彰显了您的为人质地啊。

来自您追悼会上的片片呜咽，也证明了您的一生磊落！

您，就安息吧，好吗？

至于我要写的书，父亲，你如何让我构思出您的伟绩呢——我恼恨您呀，为什么尚未悉数讲完您革命战争年代的细节，您就走了？我为您悲哀，为什么总是不肯听从晚辈的才智，为政，要用手段，学会提防；为人为官，仅有善良、宽容和诚挚怎行？知道吗，至今您的同事见到我，还拉住我的手，说："你父亲——好人啊！典型的优秀共产党党员哪！"

父亲，这就是您，最乐意听到的最高的奖赏了，对吧？

乌云绽出的那道霞光，正是人们渴望向往的直射人心的缕缕射线！

太阳黑子尚存否？

盲 点

三伏天的凌晨三点，树影婆娑。

韦强终于把酒后打架斗殴的互不相识的双方交给了派出所的同行并交办完有关手续，心头一松懈，一晚上参与抓捕行动的困意、倦意，齐刷刷地向他袭来——他骑车的速度不由地慢了下来，歪歪斜斜地在宽敞的大道上扭起麻花。

“她一定还躺在床上，等着我呢！”一丝微笑挂在韦强的嘴角。要说起来，他俩结婚都已经六年了，儿子都已经五岁了，可是，妻子只有这一天晚上是雷打不动的要求他：务必回家。因为七年前的这一晚上，他第一次亲吻了他。今晨出门时，他还特意为他换上了一件雪白的双绉真丝短袖衫，并叮咛：“别忘了！”望着娇妻的羞态，韦强心领神会。妻依旧美丽、依旧柔顺，独独添加了些许的坚强。他曾戏称，是他腰间的枪为她壮了胆！

乘凉的人们早已回家睡觉，就连路灯下大战“楚汉”的棋友们也作鸟兽散。盛夏的夜晚，闷热难熬，而此时却有了些微的细风与他做伴，当然还有——还有那凉爽、潇洒的双绉真丝短衫。

当韦强拐进狭窄的桃花路时，他感觉好似有个影子一晃。他回回头，不觉好笑，看来，人们说警察好疑神疑鬼的，不假。

终于到楼栋口了，二楼的那窗口果然有微弱的橘红色灯光。哦，妻，我回来了！韦强的虚脱与困乏被喜悦和甜蜜代替。

就在他低头锁车时，一个黑影猛扑过来，带着一道寒光。机警的他下意识地往下一蹲，躲过。站起身来的同时，韦强拔出手枪，大喝一声：“谁？不准动！再动我就开枪了！”可是，那黑影根本不理会他的警告，再次趄身猛砍过来。韦强立刻毫不迟疑地双手举枪，扣动了板机：一下、两下……在韦强鲜血满脸慢慢地倒下去的同时，他那残存的意识里，永恒地留下了一张狰狞而陌生的年轻人的脸，以及不久前睡梦中那怎么用冲锋枪扫射也打不死的模模糊糊的人脸……

这一切均发生在瞬间。

当那黑影迅速抢过韦强手中的“五四”式小手枪，弯腰抓起他的车把，跨上去开溜时，韦强的妻已经从楼栋里飞奔而出……

东方泛起鱼肚白时，逃至十里之外居民胡同里的持枪犯罪嫌疑人被同仇敌忾的警察们围捕擒获，且没费一枪一弹！

韦强，这个荣立多次战功的年轻刑警，在他三十而立之年，就这样逝去了，永远也不能和大家说话聊天、出生入死。

一想到此，刘大队就心如刀剜，圆眼一瞪：“说，你为什么要杀那个警察?!”

“我……我只是想抢枪。我——我在围观打架时，发现他是个带枪的单行警察。”

“为啥抢枪?”

“我——我——我想去抢……抢——抢银行。”颤抖的犯罪嫌疑人越来越结巴着。

“我冲向你时，你为啥不开枪？说!”

“不是我他妈的不开枪，是枪里根本就没有一发子弹！那个警察就曾朝我开枪，可倒下去的却是他。”犯罪嫌疑人的语气一下子竟变得又流利又愤恨。

而刘大队一惊：韦强一向是爱枪如命，天天擦枪、查枪的啊！

刘队长感到自己的脊背上、手心里慢慢地渗出了一层又一层的冷汗。

差错一点

肖芃当班值守，一个信息传来：西郊民房内，似有持枪歹徒！

大队长平炜的脚步声，伴随着低沉有力的喊声："所有值班的，跟我走；肖芃，你——留守。"紧接着，一阵呼呼啦啦、轻轻重重的鼓点响起、渐逝、落定，整栋楼寂静如子夜，恐怕一根银针落地，也如雷鸣。漆黑的月夜，更加阴冷，一切都如死了一般的孤寂。

肖芃有点胆颤，目不转睛地注视着对讲机，默念。原来这个世界上，最消耗精力、体力和耐心的，就是等待。等待。情况不明地等待。肖芃是刑警大队内勤，想拿对讲机呼叫，又一想，枪案，可不是儿戏，万万不可大意行事的。她思索再三，给精干的黄局长通报案情，集结号吹响了。赶赴现场途中，西边的夜空突现一片红光，冲锋枪的"哒哒"响和小手枪的"砰砰"音交汇一片。警车载着百名的特警英勇参战，很快硝烟弥漫的战场就偃鼓息声。

看到一群俨然是领导的队伍走过来，平大队马上精神抖擞地跑过来，细长眼凝聚出的锐光，照亮了泛红的脸庞，只见他一个立正，标准的敬礼，说："报告局长，我们正悄悄围剿呢，一个家伙出来方便，可能发现有异情，就率先开枪射击。幸好你们及时赶到，否则凭借我们的老式手枪和每人十发的子弹，绝对打不过他们的冲锋枪的。现在三个不明身份者，两死一伤；缴获子弹五百发，手枪两支，冲锋枪一支；我方受伤一人。此外，我已安排刑警正在突审。"口齿流利，目光炯炯，全然不见了往日的那个沉默寡言人。

黄局长指示："迅速查清这伙亡命徒的底细。"然后，黄局长一把拽过平大队，厉声低语道："又犯个人英雄主义了啊！小心我再停你的职！"

可黄局长的惺惺相惜怜爱之情，简直溢于言表。

肖芃发现，平大队在答“是”的同时，炯炯有神的眸子扫过了她，竟满眼的赞许！她不禁一震。嚇——这可是第一次！平炜还是第一次如此正视肖芃呢，虽说只这么一眼，尽管仅仅只那么一刹那，但是肖芃的心还是一动，就凑上前去，问：“平大队，为何不给我下达警情命令?”平大队的脸竟然更红了，横了肖芃一眼，朝她猛地往下挥了一下右手，意为：闭嘴！就迅速走离了她。

肖芃那个气呀，却还是随着局长一行人上到二楼枪击现场。

这是一个都市村庄的二层小楼，楼梯在楼外盘旋。进屋后，内外两间。外间除了圆桌子、破沙发，就是一张单人床；里间只有一张大床，因了激战，更显凌乱肮脏，到处都是血腥斑斑。这么超强血腥味，肖芃眩晕又慌恐，连忙找到了一小块白净的墙面靠上去喘息。她咬紧牙关，故作轻松地左手扶着墙，右手就在墙上弹起了一首凯旋曲——奇怪，这墙的声音，空落落的。正发怔，平大队已一个健步冲上来，在她身边的墙体上，俩手往墙上一按，再往两边一推，一个细长的小门，呈现在了众人面前。

平大队双手持枪，断然大喝：“里面的，举起手来，缴枪——不杀!”喊声刚落，一个苍白颤抖的嗓音，虚虚渺渺地传出来：“别……别开枪，我……我马上就……就出来。”却依然不见人影。平大队扣动了扳机，“砰砰”两声，震得房屋晃几晃。然后，他继续声色俱厉地怒吼：“再不出来，我——就朝你——开枪了！你——枪，先把枪——扔出来！快!”只听“咣当”一声，一支冲锋枪甩了出来，还上了膛的呢！平大队并未去拾冲锋枪，而是继续保持射击姿态，咆哮：“快——出来，否则，我就——真的——开枪了!”里面立刻惨叫：“别，别——”

中年胖子煞白抽颤的脸，露了出来，双手也是高举着，侧身蹭出了小门，颤悠悠的胖身子被窄窄的细门撞得打了一个踉跄。平大队好似双眼喷火，炯炯黑亮，凶悍无比，恶狠狠地凶巴巴地饿狼似地扑上去，三下五除二地擒住了他并扣上了手铐。再往里一看，居然尚有一整箱的冲锋枪子弹。

经查证：这是一个流窜作案持枪抢劫银行的犯罪团伙。他们的新式手枪和冲锋枪，盗自于西北某军区的地下军械库。

黄局长当即将他刚刚领到的最新款的“七七”式小手枪奖给了平大队。所有人也时不时凝视漂亮女警并赞许一番，只有平大队的细眸子不肯正视肖芃，那闪闪的视线，依然或扫射般地飞过她的脸或定位在她的脑勺后，似乎只有那把新式的被刑警小伙子一一拿在手中把玩着的小手枪，才是平大队细长眼紧密跟随的尤物。

但肖芃还是感受到了友谊天使的小翅膀。第二天是个周日，午饭时，平炜指派肖芃给九岁双胞胎儿子送盒饭。肖芃按照地址终于找到了平家门，却从内反锁了，敲了半天，也毫无动静，叫回平炜，撬门一看：一个男孩双眼圆睁，右手捂着左胸部，血迹斑斑；另一个男孩右太阳穴处，渗淌着鲜血，已面目全非……

现场勘查结论是：平炜将新手枪留在了上锁的床头柜内。

点点盲

刑警大队长平炜被逮捕的时候，他正在自己的大队长办审讯犯罪嫌疑人。据说，是郝嫣然飞往英国剑桥读博士时，留下的一个大包裹说明了一切的，里面全是她收集的他强奸她的人证物证。

平炜被判有期徒刑五年，留在看守所内执行刑期。

平炜细瘦的个头更细瘦，还驼了背，就像一只被水焯过了的大虾，没了青色，浸染血红。花白头，铁青脸，呆滞眼，半天好似也不会转动一下，右眼角武昌鱼般的皱纹部位乌紫烂青的，肿得还很高。大腿根处有重伤，走起路来只能艰难地横着步子蹒跚踉跄着蹭——据说，深夜，他被同牢的犯人捂上了被子，被叫做“根”的物件，废了。

“咣当”一响，牢门开了。郝昊被送回牢房内。他马上扑过来，一把揪住平炜的衣领质问：“你和她真有事?”

平炜马上摇头，说：“我回想不起来了……那天，她请我喝酒，说要讲点我老婆的事情。我喝了一杯，就醉了。我怀疑，她在酒里下了药……等我醒过来，发现我睡在了沙发上，下身还裸露着。我不明白发生了些什么？脑海里一片空白，没有记忆……以后，郝嫣然就打电话威胁我——叫我去给你说情，必须把你的逮捕改为劳教……说，如果不从，她就要告我强奸。……有一点我可以保证，我根本就没有见过什么老板什么女服务员。送酒菜的女服务员，也不是这个女证人，他们合伙诬陷我——”

平炜想起去法学院讲课，与郝嫣然第一次相见的情景。二八岁似的妙龄少女，高窕丰满白皙的身段儿，靓丽飘逸棕红的长发儿，清秀娇嫩泛红的脸庞儿，脆亮清澈袅娜的吴语儿，终于让平炜明白何为沉鱼落雁。

重要的是她丰满的胸部，似乎总有两只跳跃的小兔，想冲破护栏直冲你而来……瞧，她修长的胳膊上细小嫩黄的汗毛柔软无比，饱满润泽的肤色晶莹剔透。平炜只需横扫一眼就清晰了这一切。他甚至不再看她一眼，对她的问题也根本不予理睬，俨然旁边女粉丝里根本就没有这个女孩子存在一样。

郝嫣然却频频朝他微笑，微笑，再微笑，笑得那么滋润那么鲜美那么微妙，宛若蒙娜丽莎神秘的一丝微笑。

平炜诡异地想：这个女孩子一定是爱上了我吧？很狂野式的，居然一点点也不避讳同学们？偶尔，她也会迅速瞟一瞟他人，再朝平炜微笑。怎么可以这样？居然一丁点也不回避他人的关注，多么另类的女硕士啊。蓦然，平炜就有一种说不出怎地和她心理上的距离感。在平炜的头脑里，她的这种丰娆有些妖冶。所谓妖冶，在他看来，妖，就是妖蛊，以妖媚的姿态迷惑人，正所谓“貌嫽妙以妖蛊兮，红颜晔其扬华”也；冶，就是冶夷，那种妖媚的样子如同《淮南子·修务训》里说的：“冶由笑，目流眺”。

之后，郝嫣然来过刑警大队几次，表面上似乎都是来寻觅他人的，实际上，平炜知道她的醉眼岂在酒乎？他也很绝，根本不予相见，就算郝嫣然毅然决然地走进了他的办公室，他也会很快走出来，躲到男厕所内，除非确信她走掉了。

突然，一个耳光，打在了平炜的脸上。平炜也是神速，一个反掌，脚下再一别，郝昊马上先是脸上现出五指印，继而就哎哟哎哟叫着跌倒在了水泥地上。

平炜黝黑又苍白的脸上也现了几道红色，如同京剧里的花脸。他咬着牙，说：“是的，因我的疏忽，才叫她完成了她生命里的默定程序，却叫我进了监狱。你明明清楚你女儿狂热地爱上了我，还要叫她明晰她父亲就是我老婆的领导，你居心何在——那天深夜，她又跑到我大队长办，说我老婆撵她走要住到你家。我那个气呀，本来，我们说好了要遮人耳目的，为了双胞胎儿子也得收敛呀。但是，你们这对狗男女就要这么不检点。我气疯了，就抱住了她吻了她，差点和她干了那事，要不是那一声貌似淫荡女人的尖叫声，太刺耳太尖锐太嚣张，我绝对不可能猛地警醒，这是你的或是她的阴谋。我立刻扬起右掌，狠狠地扇了她几个耳光。”

平炜挥了一下手，抬起头来，剜了郝昊一眼，细长的灰眼充斥着屈辱、厌倦和悲愤：“你们——为什么要叫我……在我儿子三岁时，撞见你们这对正在床上的狗男女？当初，当初我要是——可我强忍了屈辱——”

郝昊嘿嘿一笑：“呵呵，我就知道你早晚要断子绝孙。”

平炜也冷笑：“嗬，我就明白我那物件，定是被你这恶棍踩断的！”

倏尔，平炜惶惶地又点了下头，说：“当然，被我关进来的人犯，哪个也不会饶我的，我清楚。”说着，他扬了扬左手，瞥了一眼他左手的小指头——中节断了，乌血渗出白纱布，“基围虾”似的身躯更缩成了一团：“早晚，郝嫣然会回来的，我挺得过来的。而你——诱奸女大学生，并致人家自杀身亡，是永远不可能再被轻放过的。对了，还有呢，你被亲生女儿彻底地遗弃了，哈，生不如死了吧？”

郝昊煞白了脸，他刚刚知道，自己被判了七年徒刑。

照亮黑点

日记一：

妈妈值班，剩下我一个人。

突然的撕裂般的疼痛，让我一下子惊醒，大喊大叫。那个在我身上的男人死死地捂住了我的嘴巴，让我都窒息了。我不知道为什么爸爸还不来救我！爸爸——那个男人将他的嘴，贴上我的耳朵，狠狠地说："嫣然——别吭声，我就是爸爸！"

我一下子吓得昏了过去。

怎么会是他——我的爸爸——大学法律教授呀，我才刚满14岁呀！

14岁。

日记二：

那家伙明白了我不敢说话，就变得更加得寸进尺。

凌晨，妈妈突然回家，这才发现，他竟然就在我的床上，还赤裸裸的。妈妈一下子就被彻底地击垮了，拼了命地用菜刀砍杀那家伙，还将屈辱和愤怒全撒在了我的头上，又是撕扯又是踢踹的。

对不起，妈妈，对不起，我真的不想这样伤害您呀。我是那么得爱您！如果您将我打死，可以让您减轻一点点痛苦的话，就请您打死我吧，打死我吧，我真的也不想活了。

妈妈走了，一个人躲进了卫生间。

我还以为她只是去哭泣去方便去思想了，可是，几个小时过去了，里面依然没有任何的动静。

我挺不住了，搬过餐桌，站上去，我看到了怎样血腥的场面呀！

我亲爱的妈妈，一个勇敢的坚强的警察妈妈，一个全国凤毛麟角的二级英模，居然用菜刀割下了她的左腕。

日记三：

妈妈，我被剑桥录取了，博士！还有奖学金啊！我终于要实现您的愿望，我的梦寐以求啦！

但是，生活总是要和我别着劲。

妈妈，您知道吗？那家伙又惹是生非了！他霸占了他女儿，又毁了女同事，现在，居然又去强暴拘禁他的女大学生！当初，您要是不被他强行霸占，您也不会嫁给他的吧？那禽兽告诉我，一个月光如水的晚上，您应邀去见他却被他强暴了，您就懦弱地选择嫁给了他。

女人的名字，就叫脆弱吗？我看也未必，这个叫杨惠的女大学生就不是，她选择的，就是要告发。我恨她，为什么这个时候，就在我被剑桥录取，正在办理出国留学手续的时候，出了这档子事？不过，妈妈，今天我听说：直系亲属仅是被劳教处理的，只要有领导帮忙说情并担保，就可以通过出境政审的。

我要去求平炜帮忙减轻那个恶棍的执法档次，或者我去求杨惠撤诉，只要能叫我走成。

我定能成功，谁都别想挡我的道！到英国读博士，是我生命里默定的程序。我一定要让妈妈您看到：我就是那一个最优秀的！

日记四：

杨惠竟敢把我和那禽兽相提并论，我不杀她杀谁？

就着月光，我冲着那只摁在墙角处她的左手腕上狠狠地剁了一刀，眼看着那如妈妈的腕口大小的血注，刹那间就直直地喷射上了墙面。

然后，我将现场整为一个自杀式的密室。

日记五：

夜晚盛宴，我趁大家乱作一团相互敬酒时，在他的耳畔悄言：一会儿跟我去踏雪吧！我笃定的眼神、大胆的语言，让他猝然有了兴趣。

当他的汽车停在雪花飘舞的旷野里时候，我先跳下车，深吸一口新鲜冰冷的空气，张开双臂拥抱着大朵大朵的漫天飞飘的雪花：啊，太美了！我由衷地发出快乐的笑声，从车顶抓了一把白雪，迅速塞进刚出车门的他的脖子里，然后转身快跑，再将积雪捧起，用双手拧成团，朝他抛去……红羽绒大衣像飘舞的红围巾，让他以为是白色原野上的一只妩媚的红狐狸正在逃逸……突然，“砰”地一声，一团柔雪在他的脑门上开花，定让他感到了小腹处“腾”地冒出的火焰吧，他竟扑在了我身上。

我冷笑。我鄙视。

自从我竞聘上了这个市公安局局长助理的职位，我才知道并蔑视他的卑劣，我只有用更接近他的办法让他的贪污受贿和阴谋诡计彰显于世。

日记六：

肖芃，这些录音、录像和日记都是他假借技侦手段玩弄权术和贪污受贿的犯罪证据，以后的，就全靠你啦！你是好样的。

我绝不能让他再得逞，虽然我也曾经帮他为虎作伥。但是，我也完成了我的历史使命——全局的公安网络联网、警察培训学校建成、新型技侦技术上马等等大工程的策划、建设和完工都有我的汗马功劳吧。

现在，我该怎么办？

平炜——你可愿意与我同行？

我知道，肖芃在刑警支队安排的看门师傅平炜定会来满足我的愿望的。

补记：

刑警支队长肖芃出的这个现场，是她二十年刑警生涯里看到最凄惨的：蜷缩的平炜泊在阳台里，手握一把小手枪，太阳穴处有一个幽洞，流出了凝脂般的黑血，鼻尖上，有一滴鲜红浓郁的血点。

血泊里，郝昊倒在大门口，郝嫣然倒在沙发边。

平炜怀里搜出一小型录音机证实：都是自杀式的枪击身亡。

输入肖芃的生日密码，郝嫣然卧室的巨型保险柜开启了。

肖芃明白了，郝嫣然所谓的那个“他”，就是市公安局局长欧阳磊——一个曾经的县委书记。

而那些物证，正是市委张书记、省厅黄厅长和肖芃组成的秘密专案组所缺少的“他”的犯罪铁证。

灵光一闪

猛然，黑影一闪而过，是从南边朝阳的房间窜出来的细长身子。

随着那影子，宁恳回了下头，一个 15 岁左右的男孩子背影，细长精瘦的，最多165 公分高，乱蓬蓬的稻草头发支楞八翘的，并非像通缉令上描述的：身高 170 至 180 公分之间、年龄 23 至 45 岁之间、右脸颊上有些红色酒糟疙瘩的胖子。宁恳认为，不变的显著特征就是，右脸颊上的红色疙瘩，疑似酒糟，不似青春美丽豆。很多面见过凶手的命案里，目击证人描述凶手的体貌特征的时候，年龄、身高最后常常南辕北辙的。但这个男孩子的右脸颊上显然是洁净平滑的。关注男人的右脸颊，已是宁恳近十多天来的行动指南，哪个凶手会在十多天之内消除掉酒糟疙瘩这一不易变显著特征呢？她已然练就了火眼金睛，一眼扫过，就一锤定音。

宁恳继续朝着这家正在装修的洗浴中心大厅里的那个刨木师傅走过去，眼睛盯视着老木工的眼睛，说，派出所的，来查访。你们谁是这儿的负责人？

师傅停下手里的活，说，老板去广州了，得 3 天后才能回来。

宁恳觉得有什么地方不对劲，左右前后看了看，思了思，嗯——刚才那个男孩子那一双眸子，很蹊跷，满眼都是两个词。怎么形容呢？对，慌乱。躲避。他慌什么？躲什么？

宁恳用手往身后一指，环了一圈大厅，继续问，什么时候开始装修的？那个男孩子是干什么的？

半个月前。他是晚上看场子的，原来就是这个浴池的搓澡工。木工木讷着答道。

宁恳回头看了一眼巴西稹，后者会意一笑，意思肯定也是，这么巧？

那个时候正好是命案发生的时刻？得细查一下，看看这些正在使用的水管管子可否有三分之二吋直径粗的，更要细查水管的接口处是否吻合。

13 天前那个清晨，在都市村庄的一条狭长窄道里，一个收废品的老头命丧在了这种尺寸的水管撞击下，水管子遗留在了案发现场。

据其家人说，老头前一天下午刚刚从银行取出了 5 千块钱，说是要进一批废铜。现场没见到现金，说明凶手要的就是这笔钱。显然，这个凶手骗得了老头的信任，以贩卖废铜为由谋财害命。老头的老婆回忆说，那个要给老头废铜的男人头一天要求老头傍晚时候到耿河桥头见面。因是在夜里见的，我也没细看，大概就是如此这般这般模样。于是，模拟画像出来了。专案组根据有关案情，要求各个派出所刑警中队跨辖区在指定的方圆面积里地毯式清查。

宁悬是派出所教导员兼刑警中队长，巴西稹是从正职降为副职中队长的，宁悬当仁不让就是这一行动小组的指挥长。本来，局长是想高配刑警待遇，要求刑警中队长也得是教导员，以便给刑警解决一个副科级待遇。可是，在商城路派出所，解决的却是让宁悬这个女教导员担当了刑警中队长的职务。巴西稹一改过去的言听计从，有意无意地开始了别扭，事事都要和宁悬拧巴。有时候，宁悬让他西行巴西稹偏偏东去，以致刑警们都说风凉话，说你们这叫拧巴铿锵行，叫我们听谁的？宁悬毫无办法，谁叫局长不安排她离所另就呢？

几个刑警楼上楼下翻看了一番，没见到那种水管子，也没见到可疑分子。于是，他们顺着街面准备走进下一家酒店。

正午的阳光很灿烂，照在人的头顶、背上暖洋洋的。巴西稹说，宁导，您不饿吗？我天没亮就出来查案件，没顾上吃早饭啊！

宁悬一笑，说："好吧，我请大家吃狗肉去！谁知道附近哪里有狗肉店？"

近几天来，宁悬和巴西稹似乎都迷上了狗肉，俩人几乎是恨不得自掏腰包一天二顿的请刑警们吃狗肉。

一个年青刑警很不满，牢骚了一句，又是狗肉。

巴西稹就说，不想吃走人，没人非叫你去吃，知道不？难道你们不知道有人称狗皮为警服吗？吃那——就等于是我们自己骂我们自己嘿！

可我就要叫着喊着吃去，光上个瘾算啥呀。

宁恳和巴西稹一个对视，疑似有点儿笑意，但谁也没说什么，只是沉默地上了车。这一点上，他俩倒是空前一致，绝不拧巴。

很快，他们找到一个街边上的花江狗肉店，将皮卡汽车停在店门口，哄着轰着刑警们就进去了。

巴西稹一进门就夸张地调侃着高叫："老板——来盘葱拌警服！"

吓得老板一脸讪笑一路小跑，送上来一盘葱拌狗皮和一盘凉拌黄瓜，嘴里一个劲地说："嘿嘿，不敢不敢哈，该是父母官哈——父母官！"

宁恳进了后厨。逡巡一遍。入座前，朝着巴西稹摇了摇头。

巴西稹孬话出口："什么父母官？我早就听说，就是你——背后给这道凉菜起名叫凉拌警服滴，欠收拾了不是？知道不？我们是刑警。此警服不是彼狗皮，再让我听到，小心你的——"

宁恳横了一眼巴西稹，喝道："闭嘴。"

夜深了，正是乍暖还寒时候，寒风有点刺骨。宁恳说："收工吧，明天我们分头开始清查都市村庄的租赁户，早六点还在老地方集合。"

终于到家了。女儿涵涵扑过来，拥抱了一下宁恳，说："老妈，都凌晨二点了，真不错呵，您老人家还知道您有个要考高中的女儿哈——口头嘉奖一次！"说着，一个吻"妈啊——"地一下贴在了宁恳脸颊上。

宁恳一边用手使劲擦着，一边笑说："好啦好啦，老妈知道您委屈，这不赶回家来给你做夜宵来了吗？不吃了？那好吧，那就给你做一顿丰盛的早餐。那——还是——煎鸡蛋三明治？牛奶？好，没问题——你快去睡吧。老妈先去洗个澡。"

宁恳最喜爱淋浴了。莲蓬里射出来的水注，温暖着她的头顶、脸庞、身躯，一天的疲惫一扫而光，让她感觉湿润和灵动。每当这时候，她都觉得思路特别敏捷，智慧尤其精准。今夜，也不例外。她猛然就一颤，又想到了那个男孩子的眼神。慌乱。躲避。还有，紧张。恐惧。为什么？也许他是一个同案犯？知情者？案情通报会上分析说，可能只有一人作案。但案破之前，谁能明晓真状况呢？也许有一个同伙，负责通风报信？宁恳决定，第二天一大早，再去洗浴中心面会那个男孩子。

木工师傅说，那孩子，一夜未归。

宁恳他们只好挨家挨户开始排查，虽然疑似大海捞针，可又有什么更佳办法呢？至少曾经有一起系列持枪抢劫银行的案件，就是完全靠这样的排查，查出来的犯罪嫌疑人踪迹。最最起码，这种大军团作战方式也可以让世人百姓皆知，刑警在行动。命案必破，这是公安机关永远不变的一条最高侦破方针。

之前，宁恳他们跨辖区在另一个都市村庄负责六排 300 余户的排查。都市村庄有一个特点，户户都在小院里盖了 7 层楼，一层楼一般至少两户，有的多达 10 户。要把每户都查清楚，亲眼看到租户人面儿，难上难。那日夜里，宁恳上到一栋 7 层楼上，敲开了东户，却总是敲不开西户，但她感觉楼道里有股子尸臭味道。房东说，租房的是一对年青恋人，7 天前去南方旅游了。宁恳坚持要求房东开房查验，并要求查看租房人的身份证复印件。这下，女房东紧张了，慌忙跑下楼，拿来了钥匙。宁恳知道她为何这么殷勤，肯定是她没留下租房者的身份证复印件，害怕被片警罚款警告。屋内，超级凌乱，尸臭味更浓郁了。巴西稹掀开大床床板，床板下的格格里果真窝着一具裸体女尸，虽是春季，却也有了腐败。女房东嚎啕大哭起来，断断续续地说："我看着那个卖狗肉的男人拎着旅行包走的。"他说："他们要去海南岛旅游，他老婆先下楼走了，说是要去和女友告别一下。可他老婆怎么会还在这，死了？这么多天了？怎么会这样？怎么会这样？"宁恳叫来了人家辖区的刑警技侦人员现场勘查，却只发现了几枚不完整的指纹，死因是窒息，全身无伤痕，但死前肯定有性行为。又是一起玄而又玄的命案。一条线索，卖狗肉的男友最具嫌疑，却失踪了，无照片，只知道他个头不过一米七，一只眼睛有点微微的斜视。

一天时间，就这样在进户出户之间度过。黑夜再次漆黑一团的时候，宁恳发现不知何时下起了春雨，真是润物细无声啊，空气里还有一股土腥气。刚刚走出小院的宁恳大口吸了几下，又走进了一大院子里。这家有三个门栋，每栋一层三户，宁恳就有些气闷。看来要想完成进度，得要加快步伐了。不赶进度不行的，专案组只给了每个中队三天时间排查这一片。宁悬感觉上楼时候，腿抬不起来了，气也喘不匀了，眼也困涩着。为了力争每户都过一遍，宁悬已然将算上她在内的8名刑警分成了6组，一人一组分别负责一排街道，另两名刑警留派出所负责出现场，应付突发案事件。按照常规，这是不允许的，刑警办案，必须两人以上，这是法律赋予的规矩。所以宁悬要求，谁那边有特殊情况立刻手机联络她，她会第一时间赶到。她念叨，千万别给我遇见持枪歹徒或捅什么篓子啊！

夜深了，宁悬终于爬上了7层，敲开中户人家的门。是个不到30岁的年轻人，一头长发飘飘的，身子骨奇瘦无比，个头该有185公分高吧。一双眸子睡眼惺松，细长细长的。

他探着头，问："干嘛？俺都睡了？有啥事明儿再说不中吗？"

宁悬一边说，派出所的刑警，查下户口，把你的身份证让我看看。一边蹊跷着进门。切，这人家真是家徒四壁啊，却有一杆精致奢侈的日本"DAIWA"（达瓦）牌子的钓鱼竿？就问："这鱼竿儿不错啊！够经典，多少钱买的？"

长发男人一下子醒了，把身份证递给宁悬的同时，一把就从宁悬手里几乎是抢下了鱼竿，说："别动哪，这是朋友的，暂时放俺这几天罢了。"

"哦？那把你朋友手机号码给我，我来证实一下。"

长发男人慌乱极了，连声叫嚷起来："喂喂——啥刑警呐，一个女的，还大半夜的，俺到底咋滴了？"

宁悬笑了，说："赫——你以为我乐意这样啊！还不是命案闹滴。"

长发男人似乎恐怖了，沉默着，良久，才给了宁悬一个手机号码。一拨，关机。

宁悬说："你那朋友长得什么样？住哪里？原籍是哪滴？"

长发男人静默着，不肯说了。

宁悬说："好吧，我明天下午再来。届时，你必须在家候着，明白不？咱们一起去找你这朋友。记住，我姓宁哈——"说着，她走出了门。

农户人家的楼梯又窄又陡，宁恳小手电也没电了，黑灯瞎火的伸手不见五指。宁恳小心翼翼扶着墙走着走着，突然一失脚，好一阵子咕噜咕噜地滚下了楼梯，她晕了过去。

等宁恳醒过来的时候，已是第二天下午了。

四周全是白墙，左胳膊肘处一丝丝凉飕飕水一样的东西，顺着血管，似乎流进了心脏里。疼痛。迷惑。警醒。

怎么在这里？宁恳环顾，看到了巴西積。后者说："好啦，您可醒了，吓死我们了。"医生说："您腰尖盘滑脱又凸出了，不能翻身，先保守治疗，不行的话，还得动手术。看来，您老人家可以放大假了！羡慕死您了。"

宁恳白了他一眼，问："我女儿知道吗?"

"知道。中午接她来看过你了。她说晚上还过来。"

"别，别让她过来，她马上就要中招考试了。咱们排查情况如何?"宁恳焦躁起来。

巴西積说："嗨，知道不——您老人家刚刚破了一起命案，知道不?"

歪打正着

“此话怎讲?”宁恳感觉很诡异。

“运气呀，您老人家身上就有星辰之外的好运气，知道不?就您摔下楼的顶楼上，住着一凶手。您发现他的高档钓鱼竿了，还说了你是刑警，来查命案的。结果，小子挺不住了，一夜未眠，一大早就带着鱼竿儿跑到尖岗湖去了。本想靠钓鱼解愁呢，却发现恐惧占了上风，谁走近他，都以为是来抓他的。他就撕开烟纸盒，写了一封遗书——交代了一起杀人案件的案发经过，一个人就投湖自尽了。”巴西稹双眼炯炯有神的，有点夸张地说着，“知道不?我这会儿在您的病房里闲着，也是因为局长叫我来问您一份昨夜排查他时候的笔录。因为遗书是写给一个姓宁的女刑警的，这女警与他较上劲了，他认为，这肯定是她疑心他是一命案的疑犯了。”

“哪起命案啊?”

“就是二个月前，省委那边那个叫宋庄的都市村庄里发生的坐台小姐被谋杀案。当时，咱们不是还看了协查通报嘛，记得不?您当时还说，像是吃软饭家伙干的呢。”

“咳咳——您——听我给您复述一下遗书内容哈——”巴西稹装模作样着。

“姓宁的女刑警大姐：对不起，俺今天下午不能再和您一起去找鱼竿儿的主人了。俺知道您不会罢休的，那边也不会放过俺的。俺知道俺干了坏事，鬼都会来敲门的，俺只好死了。反正都是死，俺不如死在俺自己手心里。鱼竿的主人就是凶手，掐死了租住在宋庄的一小姐。那小姐的男朋友也是俺一伙的。俺们去她家的时候，那男人就说了，女人要撵他走。她要是不给钱，就给她好看的。俺问他，啥叫给她好看的。他说，叫她去死。所以，张杰才胆敢卡死了她。鱼竿主人就叫张杰，住在城北街 28 号附 4 号，您有他的手机号。俺死了没啥，反正俺上无老下无小，赤条条光棍汉一个。俺也没啥好说的了，只有一死了。该死的人敬上。”

在巴西稹抑扬顿挫的朗读声中，宁恳想起来，那起案件死者是一个漂亮农家女，夜夜都去商城夜总会上班。据说，有时候，也会出台的。有个男朋友，是个劳改释放犯，曾经因为抢劫被判五年刑。出狱后，就和她好上了，天天好吃懒做，还吃喝嫖赌的，日常开支全靠她一个人来养着。有一天中午，邻居听到隔壁出租房里那个农家女不断传出叫骂声、打架声，后来还听到了她的尖叫声、甚至高呼救命声，就慌忙打了“110”。警察赶到的时候，门里已是一片寂静。邻居说，刚刚有两个男的，是两个年青小伙子，从这屋子里出来，逃走了。警察当机立断，破门而入，看到农家女倒在了床下，已是魂魄皆失，命归天国。因为不属于宁恳所在公安分局所管辖区，所以案件细节并不特别清晰，只是知道死因是手卡致死，作案人当是两个小伙子。不是她的男朋友，因她的男朋友有不在现场的人证。

“那——这起命案的疑犯们都抓获了？”宁恳笑了。

“当然。一个钓鱼人发现了遗书，报告了‘110’。人家分局刑警可不是吃素的，立刻行动，很快抓住了两个。一个是她的男朋友，一个是案发时掐死人的。俩人目前供认不讳。真应了您的那一句话——知道不？就是——吃软饭家伙干的。杀人动机就是钱。她的男朋友赌牌欠钱了，被做了人质，设赌场的两个家伙就拿着家门钥匙，去了他女友家。男朋友告知了他们哪里什么地方可能还有钱。结果，俩人翻找钱财的时候，农家女回家来了，正好撞上。农家女不干了，吆喝起来，说要报警。疑犯张杰急了，拼命死卡农家女脖子，结果就掐死了她。那个自杀男完全是眼睁睁地看着一条鲜活生命的完结，傻了，吓坏了。更被您的细致盘问和执著要求吓死了。知道不？现在，您可是咱们公安局里新闻人物呐！”巴西稹不喘气式的一路说下来，然后，开始大喘气。

“唉——为了钱啊，又是几条人命！”宁恳叹息。

“嗨——知道不？人不为己天诛地灭嘛。有的人，活着，就是为了钱财。人为钱死，鸟为食亡嘛！”巴西稹振振有词地讥笑。

宁恳恼了，说：“巴西稹，你怎么总是这么不靠谱不正形？知道不——你这么能干，却总是提不上去，坏就坏在你这张嘴上了！闭嘴吧。”每当宁恳和巴西稹拧巴的时候，她下意识地好学巴西稹的东北腔口头语——知道不——

巴西稹坏笑起来，说：“我的大姐诶，我要是在乎那个官儿，您早就和我们拜拜了，知道不？俺们不就是舍不得您老人家离开我们吗？您就是那个天才神探耶，好似福尔摩斯一样，叫人心服口服诶。”

“好啦好啦，少跟我甜言媚语的，我还不知道你？天天和我对着来，从没叫我省过心儿。说吧，需要我怎么回答这个询问笔录？”宁恳乐了，想侧一下身，却发现身子不在自己大脑控制下，而且剧痛。

巴西稹说：“得，躺着，别动。咱们闲话少说，书归正传。”

宁恳讲完了昨夜状况后，问：“巴西稹，有件事拜托你。你再去一趟那个正装修的洗浴中心，看看老板回来没？再询查一下那个看场子的搓澡工。行吗？”

巴西稹又别扭了，说：“怎么？是老板可疑还是男孩子嫌疑？都不可能的，再去寻查，完全是浪费时间。我还有那么多户没进门呢，现在还要加上您的那些没进门的啦。”

宁恳说：“我命令你去，去不去？”

巴西稹一梗脖子，说：“不去。然后，大步流星走出了病房门。”

夜晚十二点，女儿涵涵打过来电话：“老妈，呜呜——您说怎么办呀？我们数学老师上课讲的例题，同类型的，我现在就是做不出来，呜呜，我完蛋了，肯定考不上一高了。呜呜——对了，老妈，忘了问您了，您的腰好点没？”

宁恳不自觉又伤心又好气，这孩子，真是的，就是沉不住气。一个单亲家庭再赶上老妈是刑警队长，真够可怜啊，她的眼泪禁不住流了下来。哽咽着，她说：“丫头，一个人在家，要注意安全哦！早餐要记得吃个煮鸡蛋喝罐牛奶哦，中晚餐就在学校对面那个小饭店点菜吃，想吃啥点啥，告诉老板还是先签单，回头我去埋单。记住，这就是一种锻炼哦，叫做歪打正着。正好可以培养你的自立自强能力，这就是一次机会，你可要把握住哦。老妈坚信，宝贝你一定会成为成功女生的。就从现在做起哈——”

涵涵那边已是满腔喜悦，嗓子眼儿亢奋着，音质尖细地撒娇：“好啦好啦，老妈呀，您随时随地都能开始您那一套说辞，您想想啊，您多幸福呐——到哪儿去找，还能找得到像我这样的一乖乖女呀！”

幽灵魅影

清晨。纱窗上那些爬墙虎探出了长长的卷曲的须尖儿，晶莹剔透的，翠。那些绿里泛点红头的绿叶也挂上了些许的妩媚，却无灿灿的光亮。因为这间病房不是朝南的，太阳的那份耀眼的金黄色也就光顾不了这儿。不过，因了这些生命力极强的绿色植物，宁恳躺在床上居然不再焦躁，甚至感觉心儿湿润又温馨，不能不说有点他们的功劳。特别是在夜晚，黑色影像里，柔柔的月光使得这些个生长着的攀延物，造就出了一种鬼影绰绰的氛围。

这凌晨，宁恳居然看到了一个魔幻魅影似的镜头。那个影子，就是那个男孩子，正举起三分之二英寸粗的水管子猛击收废品的老头。老头当时正骑着他的三轮车，而男孩子就在他背后的车里举起了魔杖——

早饭后，“啊，多么辉煌，灿烂的阳光——”一阵手机响，宁恳一看，是政委来电：“政委，我没事我很好。不用来不用来，都挺忙的。谢谢您的关心。我有一件事情，想请您也转告局长。前几天，我在一个洗浴中心排查的时候，邂逅一个男孩子，是看场子的，也是那儿的搓澡工。我直觉，谋杀收废品老头的凶手，就是他。什么？有什么迹象？您看，他所在的场子正在装修，有可能进出过三分之二英寸粗的水管子；地点距离耿河桥头不足百米，站在场子大门口眺望，正好可以看到老头曾经等待凶手出现的桥沿地方。还有，我和他遭遇后，他一声未吭就失踪了。我请求局里重视这些细节，追踪他的下落。最少我们需要排除他的嫌疑吧？好的好的，谢谢政委的关心。我会安心养病的。”

宁恳终于长出一口气，心头的郁闷散了。

这以后，深夜里的影影绰绰，不再叫她总是失眠。但她依然觉得她被分离了。一个是白天的她，一个夜晚的她。一个是铿锵玫瑰，一个是魍魉魅影。一份孤寂一介神秘一点迷惘一丝隐忍始终填充在她的心田，叫她不能释怀不能舒畅不能开心。有时候，她甚至想，也许该找个伴了，可谁又乐意寻觅一个单亲母亲、忙碌女警、病态女人呢？许是太悠闲的过，还是早点归队，才会不再胡思乱想、不再孤单寂寞、不再自怜自怨吧。想到此，宁恳开始咬牙切齿地在床上活动腿脚、伸展胳膊，生命在于运动嘛。

一天天过去了，宁恳可以撑着顺势下床了，她辞掉了护工。她要给独生女一个自强的榜样。她也期冀，该有收获了吧？

果真，一个周日的下午六点，窗外夕阳余晖映衬着蓝天白云，煞是曼妙，一丝丝微风轻拂过床上的宁恳，让她心儿也仿佛有了些冷气。一男一女两位按摩医生一边一个，正在汗流浃背地给宁恳做着颈肩腰腿痛穴位疼痛的解除功夫。

局长带着政委、办公室主任等等一帮人终于光临她的病床前，神情严肃地说："宁导，你要检讨。还必须得去参加局里办的案件倒查制培训班，全封闭的。我还要发简报通报批评你，为的就是让刑警们下次不再犯你犯过的同样错误。不明白？犯罪嫌疑人说了，是你放走了他。"

宁恳很蹊跷很尴尬很苦涩很无奈，只好沉默着，一双黑亮的眸子又圆又大。

巴西稹说："知道不？就是那个男孩子！是他打死了那老头。"

宁恳一下子想翻坐起来，却未成功，突然的剧烈疼痛，叫她龇牙咧嘴的。

局长按住她的肩膀，笑起来，说："哈哈——好吧，不吓你了。我要告知你，我要叫全局民警都向你学习！因了你的灵感和坚持，我们才一直锲而不舍地追查那个男孩子的下落，终于在昨夜，他用他的身份证上了网。我让 B 城刑警先行扣押住了他，等咱们刑警连夜赶往 B 城刑警支队一突审，嗨，他就供认不讳了。真想不到，他才刚刚满了 17 岁啊，无钱打游戏了就去骗人杀人。他还交代，那天，你去洗浴中心清查，一进屋，他就被你的一双凌厉的眼睛吓坏了，连夜逃跑了，不想却更露出了马脚。哈哈——宁导，你的功劳完全大过了失误啊——所以我先口头嘉奖一次！”

这话儿，女儿涵涵也会说啦。宁恳笑了，有点羞涩。因为她还想到了女儿的吻，这一点和局长完全不搭界儿。她说：“局长大人，您要是一定让我参加培训班学习，我也乐意，哈——我早就快烦死这儿了，只要您肯派人来把我从这里抬过去。”

局长乐了，说：“明白了，你记恨起我说过的话了，哈哈——好了，宁导，我得走了，市局还有个会儿。你就好好养病吧，回头我给你记大功，还有物质鼓励哦，专奖你的睿智、灵感和执著。”

巴西稹送走局长一行，一进病房，就夸张又滑稽地举起双臂，高声朗诵道：“

请接受我无私的奉献吧！以你的汗水痛苦甚至眼泪。以你的微笑欢欣甚至爱恋。让人类圣洁的情感有一种独特的宣泄。紧紧地拥抱我吧！成功在于每一瞬间！也许一时忘乎所以的激动会使你苍白的纸，孕育出生命的辉煌。

屋子里的人都笑了，那个女大夫甚至无力按摩了，说：“想不到你们刑警还这么幽默这么有才情啊！”

巴西稹说：“哪有呀，这是人家公安诗人杨锦的诗歌《灵感的自白》。宁导，知道不？这次要给您记二等功了吧，您几乎破了两起命案呢。”

宁恳摇了下头，说：“不是我的功劳，是你们的。该给你们记功。呵呵，不过，那天我要恨死你了，总是和我拧巴。较劲。打别。”

巴西稹一梗脖子，说：“我说是你的就是你的，知道不？看谁赢得了谁。咱这一行，吃的就是脑子饭，不是力气活，也不是速战速决活儿。知道不？你快点好起来吧，咱又想吃狗肉吃警服了。”

宁恳一笑，说：“好吧，这回我不和你拧巴。”

半年后，深秋里，秋风扫落叶，一地金黄色的法国梧桐树叶随风狂飙。距商城30公里处，有一家路边简陋的狗肉火锅店，出差查案经过此处的宁恳和巴西稹一个对视，笑了笑。宁恳看看手表，说：“饿了，吃狗肉去！”说着就叫巴西稹停车，带着两个刑警下了车，走了过去。

巴西稹到底年青，率先闯进去，吆喝道：“老板，来盘葱拌警服！”

一个矮个子年轻人跑过来，点头哈腰地说：“什么警服？那——能吃？”

宁恳发现，他的一只眼睛有点斜视，就一摆头。

巴西稹立刻说：“少装蒜，谁不知道就你说的这狗屁话，什么警服就是狗皮！奶奶的，看我如何收拾你——”

宁恳一怒，骂道：“滚——看你得瑟的，不就是来吃顿狗肉火锅吗？哪来这么多蒜话。”

巴西稹傻地一下，站起来，说：“走就走，我早就讨厌吃狗肉了。恶心。”

一个刑警追着他出了门，嘴里还叫着：“巴队巴队，别走啊别走啊，说笑归说笑嘛。”

宁恳听到皮卡汽车发动，启动，窜出。说：“叫他走人，我们吃。老板，先上三盘狗肉，一盘青菜，一盘冻豆腐，我们吃。”

一个小时后，巴西稹又回来了，带着一个女人。年青的刑警小伙子一看，咦——这不是那起裸体女尸案中的那个女房东吗？

女人一进屋，眼睛就直直的，盯在了一张桌前收银的矮个头年轻人背上。那矮个头老板也许有了点感觉，回了下头，女人就高叫一声，就是他就是他！

刹那间，矮个头老板要夺门而逃，三个刑警小伙子冲上前去，三下五除二，生生擒获了矮个头老板。

矮个头老板狠狠地恨恨地骂道：“狗房东，就你多事！该死的，呸——”

巴西稹一脚踹在了矮个头老板的屁股上，于是，一个狗刨式的啃地动作，叫这老板磕破了鼻子，鲜血流了一脸一地。“活该，看你还敢不敢骂人！奶奶的，知道不？俺们可是刑警，能叫你当面胡作非为？为非作歹？再敢，我一样不放过你——”

宁恳一个横眼，厉声喝道：“喂，巴队——知道不？不准你胡说乱动！你——少跟我再拧巴。”

矮个头老板立刻哭叫起来，说：“那个女人不是鹅杀的。鹅没杀人。”

宁恳笑了，问：“别鹅没杀人鹅没杀人的，我们何时说过你杀女人了？没有吧？也好，现在，你就说说你杀你女人的事情经过吧。”

斜眼矮个老板傻了，目瞪口呆，呆如木鸡。

他坦白了，说：“鹅老婆有了外遇，要和鹅分手。鹅气急了，就用枕头抡着打，她喊她叫她撕她踹，鹅就把枕头压在她的脸庞上，死死滴——后来，还那个了她。再后来，感觉她也太安静了。鹅一看，她一动不动了，赶快一摸脉搏一拭鼻息，才发现，人已死了。”

又大半年过去了，商城被国务院批准为地区中心城市。宁恳发现，那些都市村庄全被扒了，一栋栋高层大厦耸立了起来。

宁恳忧患，说：“这城市森林，又会演绎出怎样的谋杀故事来呢？”

巴西積笑了，说：“嘿嘿——怎么会！大厦里有保安有监视探头还有现住人口登记。嘿嘿——最多，俺来上演个电梯幽灵魅影呗！”

两人互相一瞪眼，乐了，呵呵，又拧巴上了。

知道不？

幽灵至爱

炫漪是个奇特的女孩，总有稀奇古怪的话儿从她嘴里说出来，尤其她半睡半醒迷迷糊糊状态的时候冒出来的话儿，更叫人震撼惊诧。

2017 年春天，她说，我要结婚。于是，她就在戴着红色流苏博士帽的毕业典礼上，邂逅了一位大出她 23 岁的功成名就的金融家，富贵荣华似乎照耀在了凭借一个人的力量和睿智读完剑桥博士的穷苦女孩身上。28 岁的炫漪冥冥中觉得这就是那个一直在对的地方对的时间里等候着她到来的那个对的男人，凝视那人深蓝色的双眸就好像叫人看到了起伏荡漾的湖水，炫漪就知道丘比特之箭也一样击中了他。对于一个仅靠单身母亲带大的并只身一人留学海外读完博士的炫漪来说，年龄的距离真的恰到好处。

当夜，半梦半醒中，炫漪迷糊地听到一个男音，说："你知道拿破仑和希特勒的巧合之谜吗？"炫漪答："当然知道了，历史上的拿破仑与希特勒事事相隔 129 年，无论拿破仑 1804 年执政还是希特勒 1933 年登上历史舞台，包括攻入维也纳，或者进攻俄罗斯，甚至他俩战败于俄罗斯，相隔都是 129 年。他俩都想征服全球，作出重大历史性事件的决策时候，都要习惯性的来上它个 10 分钟的半睡半醒。"蓦然，炫漪惊醒，眼前却并无一人，只是远处窗外似有似无地飘散着一丝丝烟雾在夜色里。

很快，炫漪和金融家结婚了。销魂第一夜，炫漪迷糊的感觉自己从悬崖边一跃飞起，却一头扎进了深渊，她尖叫惊颤挥舞四肢却发现落进的居然是一潭深泉中，清澈的泉水无边无际，水也是温的，散发出淡淡的硫磺气味。她想游上去游到岸边小憩，可是一条吐着信子的水蛇拦住了她。那家伙甩着蜿蜒的身子穷追不舍，终于用尾巴揽住了她的身子了，她刚要张嘴大叫，水蛇一下子就把信子射进了她的腹部，好似有一粒种子一样的东西，长着全能的腿脚，飞快又疯狂地滑落融进了她的子宫里——炫漪一激灵，醒了。黑魆魆的新床前，一切正常，亲爱的金融家正在轻轻地打着小小的细细的酣，深眠着。

一个多月后，炫漪查出早孕。

2018年的初夏，炫漪产下了一个漂亮的黑眼珠的混血儿。

金融家一见到亲生子就笑了，先是用脑袋在混血儿的脸边亲热地拱了又拱，还用左手食指点着混血儿的高高鼻梁迷雾般的笑，说："小家伙，真有你的，2062年我国的那个执政者就是你了哈——哈哈，快点长大吧，你个小雄狮。"

一抬头，他看到了炫漪满眼的惊恐。

他一笑，说："地球就是一个村庄嘛，村长就不能是我们家的这个小雄狮吗？哈哈——我太高兴了，想不到我老了老了还能真的得一乖乖儿子哈，宝贝，都是你的功劳哇。"说着，他捧过炫漪精致泛光的圆脸，对着红艳艳的嘴唇就是一个响亮的吻。

炫漪却依然惊颤不已。129年的巧合啊。看来不得不防呢。炫漪决定开始早教，一定要将儒家道家法家思想精华全部深深地埋进被他父亲称之为小雄狮儿子的灵魂深处。炫漪表现出了一贯的温柔，对待时不时暴戾的金融家也是迁就又包容。

10岁时，小雄狮往餐桌前一坐，随手拿出一张白纸，三笔两划就把正在端菜过来的炫漪速写得淋漓尽致，惟妙惟肖。

炫漪一夸奖，小雄狮就万分得意，说："我天生一画家！"

"喂——小雄狮，你怎么一点不知道谦虚啊？"金融家嗔怒道。

小雄狮嚣张起来，对着父亲居然狂吼："谁说我不谦虚啊，我是世界上最谦虚的人啦，您要是不把最谦虚者的头衔给我，简直就是瞎了眼嘛。"

夫妻俩面面相觑，这孩子，重度自恋了吧？

2034年超级金融危机爆发，金融家不堪忍受股指期货的一路狂泻，更无法承受债务的沉重打击，一个人爬上摩天大楼飘逝了人间。炫漪痛定思痛，幡然醒悟，这一天，正是小雄狮16岁的生日啊。纵观历史，拿破仑和希特勒都是在16岁那一年丧父。

小雄狮29岁时，双眼突然失明，医生诊断是因歇斯底里发泄欲望造成的眼底出血，属于暂时性的。把炫漪说的彻底恐怖啦，因为她清楚，希特勒也是29岁那年暂时失明过。

炫漪知道承受痛苦，比死亡更需要勇气。也许她该拿着小雄狮的头发去与拿破仑遗发或者希特勒的颅骨进行DNA鉴定？不可能这三个字只存在于愚人的字典里吧？到了该做决断的时刻啦，半梦半醒间，炫漪又似乎看到了那条水蛇，化为了如烟似梦的雾，罩住了迷迷蒙蒙的小雄狮。一个水雾般的似人非人形飘然笑着，说："我的精髓，129年一轮回，想要的就是让世界还原为一个村庄，最传统最孝敬最淳朴的我从来都对孕育我的母亲绝对毕恭毕敬无二话，瞧瞧拿破仑看看希特勒您就清晰我的至爱啦，您难道不能继续给予小雄狮一份伟大的母爱吗？"

炫漪静默地睁开了眼睛，看到小雄狮正端着一杯冒着水雾的铁观音茶站在她的面前，眨巴着深潭般的黑眼，闪烁着湿润的灵光。

一股母爱深情瞬间涌遍了炫漪的全身，泪水也悄然地滑出了眼眶，一句话冒出："小雄狮，走，回中国去，那才是我们的天地！"

睡狮，有醒了的时候，DNA幽灵可会重现？

炫紫遇狼记

炫紫就是我，一个女孩的符号而已。

13岁那年，我家在太行山脉的北山住。晚上突然停电了，我和小姐就去看对面“夹皮沟”是否有电。小姐讨厌我叫她小姐，可她就是我的小姐，不叫她小姐又该叫什么？她又不是我大姐。所以我就得叫她小姐。我俩一拐过楼角，看到对面山坳里灯火通明。小姐愤愤然，说真是的，凭什么？他们——怎么就有电？

大姐也飘过来，直朝我俩眨眼，声音很颤抖地说：“天——呀，那是什么？”……绿幽幽的，一闪一闪……我俩循她目光一看，月光下的北山半山坡上，一片挂满金色小花的草丛里，黑魆魆地……绿光闪闪……我们早已被告诫多次了，北山有野狼出没。狼眼——我惨然大叫，狼……是狼——快跑！大姐居然在逃窜中放出了訇然巨响——叶叶——一连串的。我们简直就像一伙被捅了窝的蜂似地狂叫着飞奔进了屋。有的钻进了主卧房间的床下，有的扑倒床上拽下被子盖住脑袋，我也是慌不择路地一头藏进了妈妈的缝纫机下，镂空的白色钩花帘子做了天然屏障。许久，大姐又惊恐叫道：“大门忘关啦！”哎哟呦，大门敞开着，不就意味着在邀请绿眼睛的家伙来家做客吗？我们屏住气息，一动不敢动——记不清过了多久，我才一个人钻了出来，壮着胆子，闪着身子冲过去，猛地将大门——砰——地关上，姐妹仨才面面相觑。

大姐说：“刚才，那狼，不是真的狼吧？”

小姐说：“反正屁滚尿流的，不是我！”

我笑了，说：“哈——我最勇敢。我和大灰狼对视了。它看见我来关门，还朝我眨巴了绿眼睛呢，幽幽地。然后，一个华丽地大转身，走了！”

“尽胡说，吹牛吧。”大小姐姐异口同声。

“不信？刚刚你们去关门看看呀，我和狼真的心有灵犀。记得不？三年前那个寒假，我跟老爸去呼伦贝尔大草原出差。那时节，我们这里都姹紫嫣红啦，那边却还是茫茫雪原呢。达斡尔族人居住的雪原上，我们被邀请玩耍滑冰翘。就是从高高雪原的顶上，乘坐自制的雪橇滑下来，一路享受自由的风速般的快乐。”

第一次，我飞速滑下的时候，撬翻了，鼻出血。我有点怕，一个人远远地注视着老爸他们长辈人儿自寻快乐。然后，我一个人玩起了踩足印。齐膝深的雪原杳无人迹，漫天雪地里走出一个我的足迹，我就一路开心地远离了众人，行走在了苍茫雪野上。

那时的我，突发奇想，雪原的尽头是什么？我要去瞧瞧。

我走啊走，走啊走，走得我浑身肌肉酸疼，四肢疲惫，迈不开脚，却仍然没看到我渴望的美景，也没有走到雪原的尽头……我回过头去，人群早已看不见了，而我来时的足迹，也被西北劲风刮得没了影。茫然四顾，我不知道我在哪里。再看看太阳耀眼的光，竟然是玄黑色的，神秘又鬼魅，闪烁着魍魉的淡影……我累极了，一下子仰面朝天，摊开四肢，仰卧在了散沙般地雪原上。我想，我完了。

零下三十余度的雪原上，我很快冻成了冰棒似的，我想哭却又哭不出来，我知道我就要死了。

猛然，我瞥见不足十米远的地方，端的立着一条雪野狼！

困惑贪婪的绿光幽幽，枯瘦如柴的身骨弱弱，飘然向下的尾巴惴惴，明明白白地彰显着，那就是一匹雪野狼。它静静地望着我，没有厮杀、抢掠、吞噬……嚎叫。

我以为我起了幻觉，拼命地动了动冰冻了的身体……孤寂的雪野狼也随着我往后倒退了几步，湿润的双眸闪动着幽光——

我咧嘴一笑，说我不行了你就来饱餐一顿吧。它眨巴了一下眼。

我又说我反正也要死了，你告诉我为什么太阳是黑色的？它又眨巴了一下眼。

我停顿下，又说我不是色盲我看得清清楚楚雪是白色的你是灰黄色的我穿的是紫里透红的连体羽绒服。它迟迟疑疑地朝前走了几步，又坐下。

我泰然了，就说我太倦了，你开始行动吧，我就闭上了眼。

依稀迷蒙中，我感觉我在雪原上行走，前进的动力居然就在我的右胳膊上。我想睁开眼看看但我眼皮上压着千层的山。仿佛貌似我们走一段，狼就会停下来小憩一会儿，然后咬住我的胳膊袖子继续走，就这样，我们走啊走，走啊走，不知道过了多久，我突然听到了一声凄厉地仰天嚎叫，我以为它在呼唤同伴家族来大快朵颐呢，却遽尔听到一声“砰——”的巨响，我心儿剧痛，彻底昏迷。

惺惺相惜的雪原狼救了我。它把我拽到了我的初始点，又用哀鸣引来了人。

可是，人啊人，却用猎枪的爆响，报答了我的雪原狼。

超自然缘

段金荣是名外科女医生，不古怪不挑剔还漂亮，却成了 29 岁的剩女。有一天，她突然发现，怀孕了，且整整五个月啦！太蹊跷了，因为她还是个处女呀。

开始时，一直不来例假，她以为是精神压力过大，内分泌失调了呢，也没太当回事儿。可快五个月了，还不见老朋友来，她只好去妇科做检查，才得此噩耗。

不可能！从来没和男人有过亲密的行为，怎么可能有了这种后果？段金荣说死不信。但单身女大夫怀孕五个月的消息，瞬间传遍了医院，无论段金荣走到哪里，都有医护人员和病人在指指戳戳。

惆怅玉颜成间阻，最后段金荣听从了被确定怀孕的消息和内心的渴望，生下来！这是命中注定的宝宝。

医院计生办说没有准孕证没有准生证是不能生子的。

段金荣说好吧我辞职。

母亲哭又闹，父亲甚至挥手甩过来一个大耳光。

但段金荣打定了主意——谁也别想撼动一位母亲对一介小生命的尊重和渴求。

她飞到了三亚。游荡中，她凝视驻足于南海边一栋构架在热带洋槐树上的小木屋前。欢喜，真欢喜，她和房东预定了半年居住时间，花掉了积蓄的一半。

小木屋很精致，粗大的树干上横筑出一间敞开的客厅，内有两排长木凳。再沿着细长的树干，双层木楼呈现眼前。复式卧室里的楠木色泽暗红油亮，花纹精细，造型雅致，配上 30 米开外的第三棵伞状洋槐树，柔美情趣显赫。特别是第一棵树下，挂着一根粗绳，俨然就是“秋千”，使她仿佛回归童话时代，四周树木似乎都在笑。她当即给这个距大海边仅 50 米远的窝叫做：夏威夷小树屋。

深夜，她感到腹部小伤口在隐隐作痛。一个英俊的特警神枪手笑说你——在哪儿？刚毅的脸上闪着深潭般清澈水雾的黑眸。她惊魂，月走星移的夜空却静寂如水。夜色里回念，半年前，一持枪歹徒挟持人质，她被派到案发现场，正好撞上神枪手一枪击中歹徒的脑门，同时，歹徒也扣动了扳机。歹徒那一枪，正好击中了神枪手下体的一侧，也似乎打中了飞奔而至的她。只是疼痛难忍的她依然飞跑过去，为神枪手做了简单包扎，送上救护车，然后又随车回院为他做完了手术。回到家后才发现，她的腹部有一处血痕，细长的，是弹片扫过？因不再疼痛，她用碘酒简单处理，后结痂脱落，仅存一道线性的疤痕。

她苦思冥想会不会是这个缘故？

又一夜，段金荣梦见一个男人对她说，让儿子在 5 月 28 日诞生吧？她拼命想看清男人的脸，却只见一双清澈的黑潭眸子。此时，距预产期尚有两周时间，但她决定：剖腹产。

接生大夫是段金荣读医学院硕士时候的校友。她对段金荣大笑，说太神奇啦，脐绕颈二周半啊，再不剖腹产，就可能胎死腹中啦！再有，你瞧，这是什么？从你子宫内取出的一小片硬铜啊，居然没伤到你儿子！

段金荣仰视着校友手指间的铜片——是什么？这么像弹片？她瞠目结舌。

段金荣后来就留在了这所医院继续做她的外科大夫，她觉得这是她的吉祥福地，她要在这里用她的精湛医术生存，用她的才华睿智教养她的宝贝。

三年后的一天傍晚，段金荣带着宝贝又散步到了夏威夷小树屋前，看到一个男子汉正在秋千前飘来荡去。儿子不管三七二十一挣脱了她的手心，尖叫着雀跃着——我要荡——跑向了男子汉。他，停下来，抱起儿子往秋千上放。

段金荣急忙奔过去，说不行不行，他还坐不住这根绳。却一下子定住了睛，仿佛时间永驻在了这一刻。她不敢相信眼前这双眸子正是常常出现在梦境里的那双黑潭，一如三岁儿子的水灵灵大眼睛。

男子汉也惊诧，看看段金荣，又瞧瞧男孩子，轮回端详又细致凝视。

突然，他一把紧紧地抱住了她的儿子，嚷道，难怪你不辞而别了呢，让我到处打听你的下落。冥冥中，真有神在指点啊，我居然觅到了你。告诉你，段金荣，如果你再不答应跟我结婚，我就铁定要跟你的儿子去做 DNA 鉴定。

相关链接：第二次世界大战法国战场上，一位战士被粒子弹击中睾丸。子弹穿过睾丸又击中一名正在战场上救治伤员女大夫的腹部。280 天之后，这个从未曾与男性同房的女大夫生下了一个 8 磅重的男婴。

雷蒙德敲门

深夜，在国外读大三的女儿和我QQ，她问：“妈妈——您每天都在干嘛啊?”

呵呵，这样的话题，是我退休以来所有还能想起我来的亲朋好友们都要问的一句话。我都是随意地说：“读书、上网、旅游、做饭、睡觉。”真的是毫无挑战性，也没有自由性，离我当初一定要离职的坚定和理想的生活，差距甚远。

凌晨时刻，我把作家张洁的《灵魂是用来流浪的》看完啦，让我唏嘘感喟秦不已和墨非的随性、梦幻以及执著。张洁一直是我学习的榜样，如果说还有粉丝这一说的话，那我就是她的忠实追踪者。小时候，就被她的一篇散文深深吸引，记住了寒秋里那枚挂在枝头迟迟不肯坠落的通红通红的柿子。后来就是她的《沉重的翅膀》、《无字》，当然还有《大森林里来的孩子》、《爱，是不能忘记的》、《一生太长了》等等。在我眼睛里，她是个阳春白雪级别的随心所欲、四处游荡的知性非凡女作家。《我们这个时代肝肠寸断的表情》、《这个世界上最爱我的那个人去了》等散文游记，叫我读了一遍又一遍，不仅感动落泪，且还心神向往那种生活方式，用自己的眼睛去观察去思索去认知这个大千世界，使各地的风土人情里都留下自己的足印。我的离职，不能不说有崇拜她的结果。甚至我的小说行文，都有意无意的，有了一种模仿。但是，出版社的女编辑斥责：“张洁可以这样写，你就不行!”是啊，张洁的个性化的语言思维描述方式是她的独特方法，我等草根如何可以侵染？草根啊。

喝了先生买来的早餐——豆浆，我坐到了电脑前，开始了我一天重复一天的日子。很多次，我想远离电脑，远离新闻，远离股市。但是，我害怕我成了一个与先生对不上话的局外人，一个不能再资助女儿读完大学的废人，一个桃源世外的傻乎乎的读书人，一个没有生活能力的自然人。于是，我继续守坐在电脑前，接受她的辐射，远离游荡的渴望。11点半，我必须离开与我惺惺相惜的世界，徘徊在煤气灶前，做好至少三菜，蒸好一锅原阳米饭。我得要让与我们同住的婆婆吃上可口的饭菜，让我先生下班回家能立刻吃上饭，能小憩片刻，再养精蓄锐去工作。否则，我这个宅女就是个罪人，不是个社会人，不是个好女人。

下午时分，我终于可以安心写作啦，没有了股市的牵挂，没有了读书的纷扰，可是还有晚餐的羁绊。我还得像个好媳妇一样准备好三菜一汤。否则，我就会觉得自己被家人舍弃。有时候，真的好留恋女儿读高中住校的那些个独自生活的年代。那时候，我多么自由自在？想干嘛就干嘛，说不吃饭就不吃，一个苹果一杯酸奶，就OK。甚至想喝酒啦，就一个人用水晶玻璃杯倒上一杯上好的威士忌、红酒或者最爱的五粮液。这个世界上，我知道只有自己知道心疼自己的理想、身体和嗜好，幽幽悠悠地斜倒在我家的吊椅上，感受着冬天和煦温暖的灿烂阳光，读着一本可心的书籍，饮着极品的美味，只有一个词，那就是，惬意。

傍晚时刻，我可以衣着随便游荡在花园绿草地里，徘徊徜徉。这是我的天地，没有一个人认识我的地盘里，我可以自由自在地任意驰骋我的思维，只有天上的星星和月牙，总是想探寻我的秘密梦幻，可是我对他们总是毫不客气地说："就是不告诉你们！气死你们气死你们！"至于其他，我以为能不能发表小说在其次，重要的是沉醉其间一味的创作，挑战磨炼自我，最终让未来说话吧，与己已无关。遥想《梦溪笔谈》里的杜五郎30年蜗居家内，却独享"气韵闲旷，言辞精简"，貌似宅得有了道的禅意人，宛若马尔克斯《枯枝败叶》里的退役医生或者《麦田里的守望者》的作者塞林格。

夜深了，我流连忘返于我的世界。再读雷蒙德·卡拂的《大教堂》。之前也有读过关于这位作家的东西和简介，尤其我喜欢的村上春树崇拜他，让我特想了解他更透彻些，于是网购了一个叫汤伟的机电博士翻译的中文版《雷蒙德·卡拂短篇小说自选集》，并与之前的集子相对应阅读。感受了一种高人一筹的编辑工作的鬼斧神工之魅力与犀利。简洁、冷静、平实又不动声色的文字里透着一种诡异、朴实、真挚，还有就是一种鬼魅的超简张力，叫你可以随着他的文笔自由自在地驰骋，感受平凡人物里现实版的苍凉与诡异，彻底被震撼被蛊惑，以至睡梦里也还在过电影一般记忆着《大教堂》里的我、妻子、还有那个魅惑的瞎子，不动声色不动声色，意想不到意想不到，善良人的一天一夜，居然能这般不动声色地震撼人心。

猛然，我听到了急促的敲门声，我跳下床拉开门，天呀，雷蒙德·卡佛？是您——真的是您吗？

我不是我笔下的人物，但我笔下的人物是我。

甚至。不动声色。

真的，不动声色。

永远。不动声色。

相关链接：张洁：（1937——）当代女作家。著有作品集《张洁小说剧本选》，小说散文集《爱是不能忘记的》、《方舟》，小说集《祖母绿》，长篇小说《沉重的翅膀》（获全国第2届茅盾文学奖，曾被译成德、英，法，瑞典等多种文字出版）。《只有一个太阳》，散文集《在那绿草地上》以及《张洁文集》等。曾获意大利1989年度“玛拉帕尔帝”国际文学奖。《大森林里来的孩子》《谁生活得更美好》、《条件尚未成熟》曾获全国优秀短篇小说奖；《祖母绿》获全国第3届优秀中篇小说奖，短篇小说《有一个青年》改编拍摄成电视剧播映，张洁以“人”和“爱”为主题的创作，常引起文坛的论争。她不断拓展艺术表现的路子，作品以浓烈的感情笔触探索人的心灵世界，细腻深挚，优雅醇美。2005年，长篇小说《无字》再获第6届茅盾文学奖，是我国唯一荣获两届茅盾文学奖的作家。

雷蒙德·卡佛：（RAMONDCARVER）（1938—1988），“美国二十世纪下半叶最重要的小说家”和小说界“简约主义”的大师，是“继海明威之后美国最具影响力的短篇小说作家”。《伦敦时报》在他去世后称他为“美国的契诃夫”。美国文坛上罕见的“艰难时世”的观察者和表达者，并被誉为“新小说”创始者。1988年被提名为美国艺术文学院院士，并获哈特弗大学荣誉文学博士学位，同时获布兰德斯小说奖。卡佛一生作品以短篇小说和诗为主，还有一部分散文。著作主要包括短篇小说集《请你安静一下好不好?》（1976年）、《愤怒的季节》（1977年）、《当我们谈论爱情时我们在谈论什么》（1981年）、《大教堂》（1983年）等等。

不已魍魉

鱼死了。

心脏猝停。

在诺森大厦第14层的电梯间，双眸圆睁，牙龈全曝，俨然是蓦然离世的。

那时，正是一个周六的黎明时分。

鱼是个杂志社的编辑，长相英俊，思维敏捷，幽默诙谐，乐观开朗，尤其是最近他的一篇原创作品刚刚获得了一个国际性的文学大奖，意味着他已经跻身国际名家行列了……大厦里的人谁不认得他？

倒是忠于职守的保安能够看到镜头里的鱼，眼神常常显得那么忧郁，如同他的文字，总是淡淡的、静静的、缓缓的忧伤着。他知道，鱼常常在夜幕下，孤独享受步行在那静谧街头上的滋味……

所以，那晚，电梯间的异常，很快就被那保安发现了。

鱼的妻儿质疑，保安说：“他应该很幸福的，去的时候，没有一点点痛苦！”

抢救的医生说：“既然心脏从来没有问题，那么只有一种可能，那就是他猛然碰上了特别恐怖揪心的事情。”

警察出具火化证明之前，再次仔仔细细地勘查了一番现场，发现：那夜那时，是鱼规律性的……每周六都进行的，工作、学习和散步；那会儿，鱼是从办公室所在的25楼乘坐电梯下到第14层，电梯门开合之间，突现鱼的惊恐面目。从摄像录映带里来查看，当时第14层和电梯里，都只有他一个人的身影。

在他的办公桌上，有本书是大史学家罗尔刚的《师门五年记》，扉页上写有：赠给水儿——行走是一个人的宗教，它不但可以自救，也可以救人。有篇读后感，夹在书中。

但是，水是谁呀？

毕竟编辑只知道，鱼有个美丽的“悍妻”，出身大家族，却不叫水呀！

难道是那个知名的另类女作家——水吗？

那个崇尚寂寞行走的水，早年辞职之后，到处游荡，孤独地行走在魑魅之中，却谁也不知道究竟何时，她竟然会成为了鱼在回家路上的红颜知己？

鱼曾经说：“在现代社会中，渴望行走的人越来越少，而真正能去行走的，羁绊也越来越多。但是说到真正行走，几乎百分之九十以上的人选择了退缩。”

水说：“如果说行走是一种梦想，那么目的地绝对不是它的终结。”

水还说：“我崇尚行走，所以我就漫游。”

鱼无奈地答：“行是过程，走是关键。没有走，无法成行。”

然而，水开始或游走在雅鲁藏布江边，或穿行在乞力马扎罗山里……彼此在内心里或许还继续着沟通。

水是个漫不经心的流浪女，一直到半个月后，她才在新浪网页上突然看到了鱼逝去的消息。

水好像感觉自己的心脏，也在恍恍惚惚的刹那间猝停了，继而那冰冻了的心儿，有了些微的疼痛，直至那种剧痛的到来，就如同一滴浓墨落在了雪白雪白的宣纸上，慢慢地弥漫了整张纸儿……

水满脸沧桑、一身白衣，赶到了诺森大厦的第25层。

可是，并没有人认知她——还是那个怜悯她的保安，才使水能得以看看鱼的书斋……

只见水，飘至那张床前，右手怜惜地抚摸着白底小兰花的床单、蓝底飘白云的被子，嘴里喃喃地不停地念叨着：“我起初是依在办公室的床上读的，读着读着就要正襟危坐，不敢有丝毫造次。我喜欢罗尔刚说的那种做人的‘不苟且’。‘谨慎勤敏’的行为，就是所谓‘不苟且’。古人所谓‘执事敬’，就是这个意思。谁有此美德，将来一定会有成就。应该还有一句，叫‘有几分证据，说几分的话’。此为治学活人之精髓，应当使人受用一生。收到我的‘伊妹儿’之后，将再寄书和感喟给你……针对不读书的人来讲，我实在算是一个读书人了。原因有三：一是我虽然未经过系统教育，没有师承，但毕竟上过‘作家进修学院’；二是虽然没有灵魂的提升，精神却一直在苦苦游荡；三是治学不严，但知之为耻，并有改的勇气，孺子乃可教也……”

水仿佛终于也就是水了，浑身上下没有一处不是水的……

然后，水又执意一个人来到第14层，电梯门开开，水看到一个白衣少女，高挑挑的个儿，长长的披肩发，黑亮亮的丝线线遮住了两边的脸颊，炯炯幽幽的眼睛满是疑惑幽深……然后尘埃落定，荡悠过来的柔软软的一句话是：“哦！这么多人了呀！那我等下一趟吧！”于是，水看到白衣少女嫣然一笑，弯弯的月牙般的眸子里闪过一道道黑亮的幽光。

水一下子怔住了，瞠目结舌，那不是二十年前的自己吗？

那句话，正是水和鱼第一次邂逅时候，说的第一句话，只不过当时电梯里真的是很多人而已。

但是，保安、编辑、警察统统来试过了，第14层电梯门自动打开，哪里有什么白衣少女？更没有什么幽光柔语！

可是，水总是能够看到，也总是能够听到。

于是，水就固执地一遍遍地演绎着、重复着，直到第14遍，再开启这一幕的时候，水笑了，眼睛弯弯的，淡然地说：“嗨！鱼，游吧，好好的！”

然后，水就静静谧谧地滑落在电梯间的猩红色地毯上，倏然消失——

黑　粉

见过少女三步一拜朝礼观音大佛的，见过藏族老阿妈朝圣路上的顶礼膜拜，却没见过一位正当年的男子，在舟山群岛佛顶山的山路上亦步亦趋、五体投地、毕恭毕敬。

我疾步上前，近距离观摩。只见男子虔诚认真地目不斜视、两手伏地、双腿跪下、叩拜叩拜、一升一落、起起伏伏。奇妙的不仅仅是他一脸络腮胡、超肥体型、凹陷黑眼，还在于他的右肩膀上架着一只小风扇，且正在旋转，随他身体的起落而朝着他的面部吹爽送风，等到他彻底匍匐在地面上的时候，小风扇必定是将风儿吹向了天空。

我肃然起敬。帕瓦罗蒂！是的，像极了。在我的记忆里，惟有世界男高音——嗨到 C 的歌唱家帕瓦罗蒂，在维也纳音乐厅的演唱会上，右肩扛过这样的小风扇。

我急步转到他的正前方细看，哎呦喂——真像的，简直就是一意大利嗨到 C 高音的歌坛王子帕瓦罗蒂。可他不可能到此一游啊！最多，算是帕瓦罗蒂的超粉吧？瞧他，显然是个中国人，身高超了 1.8 米、体重达了 130 公斤。要知道，帕瓦罗蒂曾幽默自己说：“作为世界顶尖的歌唱家，我只犯过一个错误，就是肥胖。”大快朵颐地尽情享受饕餮大餐，是帕瓦罗蒂的生活方式，现实生活中难不成真有人效仿？

膜拜某人某星某物之事，我一辈子也没干过，我寡然无味，走开去。

人都说到了普陀山不去佛顶山，等于未到过普陀——佛教圣地。

我开始攀爬。佛顶山主峰名白华顶、又名菩萨顶，为最高峰。海拔 291.3 米，从远处眺望，诸峰若拱，峰顶垒垒如杯瓢，覆于积水之上。峰巅方圆平坦，极目远眺，可观赏普陀洋和莲花洋。我抵达峰巅时正是云雾缭绕，烟涛滚滚，远近山峰在云海中像一座座浮岛，云遮日霾，与岛外海水天色浑然难辨。蓦然，又云雾阻塞，烟峦一抹，突现海市蜃楼一般，真不是虚幻空境，而是真情实景。

恍惚中，我猛然看见“帕瓦罗蒂”高高地站在了一块巨石之上。逆光下，他的身躯一圈，似有了万丈光芒，云雾也漫游左右。他旁若无人举着双手，向上、向上，伸展着、伸展着，高亢乐曲《我的太阳》宛若闸门迸开，射出最明亮、最晶莹的光辉。丰满、充沛的嗓音，带着透明感的靓。热烈、宽厚、自然、清畅、圆润而富于穿透力……顷刻间，璀璨阳光透过云雾丝丝缕缕，然后彻底雾消云散，云淡风轻，天高气爽了。

美妙至极，游人如织。大家岿然不动，洗耳恭听。

“帕瓦罗蒂”冲着佛顶山温馨地微笑，那一刻，他就是帕瓦罗蒂。当他浑厚、充沛、刚健、明亮的嗓音在峰巅上空划过之时，他的演唱情感炽热、气势磅礴，不论清澄、柔美的弱音，还是光辉、有力的强音，都表现得热情洋溢、扣人心弦，尤其是到高音区时如金属般的穿透力嗓音，简直即刻征服了我的心。啊，太阳，我的太阳，那就是你，那就是你——帕瓦罗蒂！

佛家圣地，邂逅了一真正的知音——我，至少也算帕瓦罗蒂的红粉吧？但绝没这位“帕瓦罗蒂”如此这般地膜拜，执著又超级。

这样的独唱会，世上难觅。就在“云扶石”处，眺望着树林、蓝天、大海，聆听着“帕瓦罗蒂”的歌王歌喉，《月亮河》、《今夜无人入眠》，全部信手拈来，且都是意大利原文美声。

视觉与听觉的饕餮盛宴，让游人流连忘返。我知道帕瓦罗蒂先后来过四次中国：1986年率意大利热那亚歌剧院在北京演出歌剧《波希米亚人》；2001年6月联袂多明戈和卡雷拉斯在北京紫禁城举行“三高”演唱会；2001年12月在上海大剧院举行个唱；2005年12月在上海和北京分别举办告别巡演。彼时，我无缘现场聆听，惟能电视上欣赏，却不料今日享受了饕餮“真人秀”之山寨版。

下山时，我有幸在索道里又邂逅了“帕瓦罗蒂”，小风扇也很友好地直朝我送爽。我说：“谢了，您的歌，您的风。”

“帕瓦罗蒂”笑了，说：“据传他生病了，我来这里请佛，许下美愿，愿该死的病魔快快远离我的帕瓦罗蒂。”

我一哽。为什么我从来没做过这样的红粉？

我低头，一行清泪洒落。我装作看手机信息。可手机新闻告诉了我什么？真的吗真的吗？良久良久，我才能低鸣：嗨——“帕瓦罗蒂”，您看我手机上新闻，说据美联社报道，意大利男高音歌唱家帕瓦罗蒂的经纪人罗伯森今天宣布，帕瓦罗蒂于2005年9月6日（意大利时间凌晨5时）因患胰腺癌去世，享年71岁，就在我们上岛之前啊。

我话音未落，一庞大身躯，已在我眼前虚晃了下，就毅然决然地跨出了简易索道，直直地跌进了万丈深渊，耳畔有一哀鸣：“帕瓦罗蒂，俺——来迟了啊！”。

7年后的今日，我追思，始称这位“帕瓦罗蒂”男子为：黑粉。

谎言的虚妄

婚后第5年，我出了一趟差，和一个男同事一起。

盛夏酷暑，旅游旺季，家家客店爆满。精疲力竭的时候，我们才找到了一家只剩下了一个标间的宾馆。我决定，不找了，就住这儿。

我买了本日本推理小说家东野圭吾的《白夜行》，心想，通宵读完，也算解决了异性同居的问题。不想到了深夜，男同事还在请求，定要我上床休息，他坐椅子上看书。于是，我索性说，不是两张床吗？我们都睡在床上不就行了嘛，休息好了，明天才有精力办事情啊。其实，我心底里开始痛恨老板——怎么能叫孤男寡女共同出差呢，经济上首先就不合算。房间的空调是坏的，我汗流浃背地躺在床上睡不着，空气中黏合着一介暧昧。幽暗中，男同事缓缓地说："反正已经反正了，就算同居了呗，姐姐，不如咱们再进一步？"我说："胡说，老板恐怕等的就是这一状态，难不成想叫他炒你鱿鱼？睡吧。"我装寐，居然很快就睡着了。

第2天有人退房，男女的同居关系结束。

第5天回到了家，一进门，我以为走错了地方。组合大立柜不见了，书籍、衣物、装饰品堆了一地。我胡乱翻了翻，就气不打一处来地乱踢了一阵子，男人大衣的内兜里就跌出了一封厚厚的信。我展开一看，怔住了。直到深夜男人迈进家门，我脑海里还沸腾着信里那句话：我多想和你一起逃到天涯海角，用我们勤劳、智慧的双手，创造出属于我们俩的美丽家园。字体，是男人的，写在了隽秀小巧字体的背面。

"回来了？坐——这儿，我——要和你严肃地谈谈话。"

"怎么了？哦，你不是不喜欢这个立柜吗？我把它卖了，挣了1200块钱呢。"

呵呵，逃亡经费都有了？忘记当初公婆邮寄它们来的时候，清单上的数字具体到了小数点后的第二位？我按住心儿的疼痛，继续说："我要和你分手，明天就去办离婚手续。"

"为什么？"男人腰直了，肃穆起来。

"我爱上了别人。"

"谁？告诉我。我去替你问问，万一人家不爱你呢？"

"不用。我们才发现我们其实早就暗暗喜欢上了对方了，现在更是爱得如火如荼。"

"那——就是和你一起出差的那个臭小子喽？你们——上床了？"

"这，很重要吗？"

"当然重要。说——是不是上床了！"

"算是吧，同居一室来着。"

"真上床了？那他——进去了没？"

"什么意思？进到什么里去了没？"

"你们不是上床了吗？你、你——真就让他——进到你身体里去了？"

我想笑又想哭，就问："这，就那么重要吗？"

"当然重要。十分重要。万分重要。说——是不是进去了！"男人已然火红的眼睛瞪得又大又圆，似乎一个巴掌拍下后脑勺，他的眼珠子会迸出来，就像飞速射出来的子弹一样击穿我的眸。

"进去了，怎么样！"我气极嚷道，心灵深处更愤懑更妒忌也就更嚣张。

"哎呦，我的妈呀！呜呜——我那么爱——都没有，你却给我带了绿帽子！呜呜——"男人先是捶胸顿脚、痛哭流涕，继而跪地磕头，喃喃细语："我不和你离婚，我们一切从头来过。我离不开你们。我要给你机会，我原谅你。我知道你绝对不是故意出轨的。"

说这些时候，我家的灯光正好将男人的背影斜斜地照在淡紫色的墙壁上，影影绰绰的，显得巍峨又生猛，似有神灵在烁烁。

我很震撼，我们分手了，你们不是才可以光明正大地走遍天涯海角吗？美丽的新家园正向你们招手呢，可是——看到男人诚挚的泪水，完全不顾好男儿膝下有黄金之说的言行举止，终于还是把我彻底感动了。

我答应，与男同事一刀两断，和他一辈子在一起。我们破涕为笑，破镜重圆。甚至，一番癫狂的云雨后，我诡谲地告诉男人，所谓出轨之事不过是吓唬吓唬他的，我从来没有失身于过任何男人。但男人一脸狡黠，貌似不信。

第10天晚上，男同事找到我，说："咱俩结婚吧，俺真的很喜欢你。"我说："可我不喜欢你呀。"他说："你家老公都找俺了，说是你要借俺三千块钱，俺手头没那么多，就给了他一千。"我惊诧："为什么朝你借钱?"男同事赧色了，说："他说，你说的，你爱上了俺了。"蹊跷中，我发现了端倪，心头有了暗影。一个男人以为我值个三千，另一个男人却以为一千足够，呵呵，原来婚后的女人是有价的，而且，颇为廉价。我说："我谁都不爱只爱我儿子。我儿子才三岁，谁都可以不要我，可我儿子绝对需要亲生母亲。"

第20天凌晨，我按图索骥终于在一家茶社找到了正在赌博的男人。我被他当众扇了一耳光，只因我要求他立刻回家。

第30天中午，我送两件劳保品回家。一开门邂逅了男人和一个艳俗女人。他俩慌慌张张从卧室走出来整理衣裙的举动，已然无须更多的诠释。我忿然逃离了那个本该属于我的家。

第100天上午，我和男人终于办妥了离婚手续，幼儿归我抚养，产权在我名下的两套住房各分一套。他同意离婚的条件是：分一套不属于他的房子给他。我之所以叫他如愿以偿，是因为我恋爱婚姻上的第一次都给了他，他又是我儿子的亲生父亲。

一年后，一个年轻人手拿一份协议书，找到我，说我是来收房子的。看，这是你老公和我签署的借款抵房协议书，365天之内不还钱，就以此房抵押还款。

我已不再震惊，笑了笑，问："他借了你多少钱?"

33万。

我说："你还不知道吧，我和那个男人早已离婚了。房子的产权是我的。他有什么资格把我的房子作抵押?"

年轻人慌了，嚷嚷道："我和他签协议的时候，你们还没离婚呢。"

我摆摆手，摇摇头，有气无力地说道："那——你去单位找他说去。"

年轻人急了，一把拽住我，说："我就是找不到他，才来找你的呀。我去过他单位了，单位人说他辞职了。"

我疲惫地笑一笑，说："你可以去我给他的那套房子找他啊。"

年轻人骂骂咧咧说我TMD的凌晨去堵，才知道他把房子卖给别人了。

我说："哦？如此哈。我儿子也一年没见到过他了，更没收到过他的抚养费，当然更不清楚他去了哪个鬼地方。也许，天涯海角？那里该有他新的美丽家园？"

可是，天涯海角，在哪里？

红烧肉的魔咒

相当长一段时间，我总是反复做一个梦：我，孤独一人在爬山，四周全是鲜花、野草、参天大树什么的，溪流清澈地叮咚着。我总是走走停停，不舍得不欣赏所遇的一切美景，还时不时地将美丽野花或瑰丽叶片或滑润小石子采进随身携带的书本或背包里。尽管我早就下定决心要爬到山顶，尽管这信念总是很强烈，却始终都没感受到过“一览众山小”的味道，更不必说什么“念天地之悠悠，独怆然而泣下”的情怀。甚至我还梦见过一条花色的眼镜蛇，从树上或路边草地里窜出……惊惧……梦醒，我大汗淋漓。

“乒——乒乒、嘭——嘭嘭”的敲门声，将通宵读书未眠的我猛然砸醒。恍惚中，我脑海里满是一首诗：

谁在敲门？
开开门
不见人影
我心里暗暗期冀
当我在生活的长椅上沉睡的时候
多么希望它把我的魂魄及时敲醒。

门外站着的敲门者，正是已让我心动了的男人。

中秋节，我邀请男人来家一同赏月。我先跑到超市买了五花猪肉、月饼等，还置下一瓶红酒。

一进家门，我仿佛上了战场。先是将五花肉洗净，切成方丁块块，再将铁锅烧热。用刀把一块姜，从中切开。拿着这块姜，就着热锅，让姜的切口面，贴在锅壁上旋转、旋转，为的是要让肉不粑锅。男女两个人的情意是否就该像这样热贴着却并不永黏在一起？接着，我将肉倒入锅内，开始翻搅，直到鲜肥肉都被炼成了油，我再将老抽酱油倒进去一些，搅搅，再放料酒、水，翻搅，盖上锅盖。大火烧开后，陆续往锅里添加花椒、大料、辣椒、姜块、冰糖，还有一点点盐。所谓要想甜，加点盐嘛！等水一开锅，就将铁锅里的东西，一气儿都倒到砂锅里，文火开始炖，炖呀炖，一直炖到男人按响了门铃。

我赶快把用手掰成的寸长四季豆放入砂锅内，才去开了门。

男人一把抱住了一身厨衣的我，笑了，说："怎么这么像我心目中的俏皮小媳妇呀！"

羞得我满脸通红，立刻甩掉他的双手，逃进了厨房，心儿像兔子一样乱跳。听到男人声音从背后响起，才恍然明白过来。我急忙将那些葱段放进砂锅里，再放进去一点鸡精，等到水都被熬干了，一锅油亮亮色彩斑斓的肥而不腻红烧肉就炮制成功了。

男人的眼睛本来是褐色的，现在馋得发绿了，风扫残云般地将一大桌子的菜横扫一空。因为红酒的缘故，我醉眼看朦胧。男人似乎被看傻了似的，一个人走上了晾台。

一轮明月悬在湛蓝色的夜空里，很美很圆很清凉，大地上也散出水波般地光斑。男人的背影显得坚毅又伟岸，闪着幽幽光泽。我突然觉得男人像一棵树，一棵桂花树，长在圆月里，泛着清香，虽然远不可及，却灵动得如同那只雀跃的玉兔，圆月中的嫦娥今生还会孤寂？

男人突然反转身，双手紧紧地搂住了我的腰，说："你——就是那轮圆月呵。"

我喃喃："那，你——就是太阳。月亮，是靠太阳才发出迷人清光来的。"

男人亢奋极了，俯下身躯，更紧地拥住我，悄声细语道："我想吻你！"

时至今日，我还清晰地记得当时我很嫌弃他的鼻子，为什么总是顶住我的鼻子使我吻不到唇？甚至，我还迷惘地问：我是不是没配合好你？

当时，真的，我清楚地不知道如此珍惜、如此等候了23年的心儿，一刹那，是否给错了人？仅有一点点儿，我确信，男人的背影，是可以信赖的。

我以为我抓牢了他的胃，也就抓住了他的心儿呢。海角。天涯。男人的背影是可以信赖的吗？请告诉我，男人现在何方？

卖了房子，还掉离婚男人欠下33万元钱的一半，我余下了20万，我决心将它作为儿子的出国留学费用。

我灰溜溜地带着儿子搬回了娘家，老妈隐忍着，一声不吭地帮我带着儿子，我们相依为命。

女人的三把刀

活到我这岁数，纯从男性角度上看，非礼勿怪，否则即是矫情。我向来以为我不是男性却大气，以我的眼光看，女人魅力库里，有三把温柔的刀：

第一把刀是容貌。比如眉眼，眉是绿山聚，眼是清水横，眉眼荡动时，青山绿水长；第二把刀是权财。若姑娘说，今天的烦事儿，我替你平了。呵呵，她在男人心目中的形象不会渐渐高大？第三把刀是态度。“媚态入骨”的“态”，“气度销魂”的“度”。态度是性灵，也是才情。

既是刀，就能快刀斩乱丝，更能让男人魂牵梦萦。但，容貌不如权财，权财不如态度。容貌不足持。权财也无千日红。落到最后的，还是态度。

女作家张爱玲有段经典：见了他，她变得很低很低，低到尘埃里，但她的心里是欢喜的，从尘埃里开出花来……执子之手，与尔偕老，亦如一束神经被燃烧，纠结于我的心尖。即便是短暂的相携相伴，耳畔也惟有海风拂着，雨点浸着。不原谅未必不是一种态度。

儿子高三时候考上了哈佛大学，且有全额奖学金，令我开心之余觉得这些年的付出是很欣慰的。

紧锣密鼓办理签证时刻，警察敲门而入。说那个男人因涉嫌诈骗被网上追逃。说那个男人日前被刑警捕获。说那个男人交代曾经用骗来的款还了欠我的十万块钱。我察觉到了我心底里一丝丝疼痛正在泛滥，渐渐地通体都是凄凄惨惨戚戚缠缠绵绵糊糊的东西，与其说是在宣泄、倾诉悲哀，莫如说是在打造、把玩怨愤。无可名状又沁入骨髓的疼痛、无奈、寂寥和悲凉，疑似是对已逝的韶华和男人的缅怀、伤感和憎恨？

我说："是的，我曾在婚姻存续中为他借过钱，他号称是要自己办公司，可最后，钱是一去不复返，公司却一直不见踪影。离婚后，他就玩失踪了，怎可能还我的钱？请你们告诉我，男人是在哪被抓的？"

警察说："就在本市的城郊村庄，他和一个女人同居了，生有一女。"

我尴尬。男人近在咫尺，却不闻不问我们儿子生存的状况。好在我的儿子很出息。于是，我说我不会落井下石，但也不会再享受诬陷，他这样说，唯有一个目的，就是希望我这辈子将他照顾到底，否则就要黑死我这个有点权有点钱更有点态度的贤惠美女！我肯定不会再就范了。

警察一脸狐疑，走了。

我开始低调，非常低调，甚至处处隐瞒儿子的出国留学事宜。因了男人的犯罪记录，如果再有小人告发，必定影响优秀儿子的前途。现实中，有了直系亲属的犯罪记录，原则上是不允许其直系亲属再出境的，起码也会等到案结再说。

检察员也来质疑了，我依然实话实说，说男人这样交代，惟有一个目的，就是希望我这辈子将他照顾到底，否则就要黑死我这个有点权有点钱更有点态度的贤惠美女！我肯定不会再就范了。

检察员也一脸狐疑，走了。

我绝口不提我和男人的恩怨，我更不会告诉儿子，只是告诫沉浸在出国留学亢奋中的儿子要低调、低调、再低调。我只能要求却没理由，因为我不希望儿子纯净心灵被自己的亲生父亲来玷污。

我不知道我还能坚守到何时，但我惟一信念就是：小人，只能伤害到我一个人！

终于，儿子的签证拿到了。虽然还有一个月才开学，但我还是提前订好了机票。首都机场国际出发处，我对儿子说："先过去，儿子你有天高任鸟飞的天地。要知道，一个人一辈子都不能有污点的，否则你就永远不能去实现你的宏伟人生目标了。要牢记妈妈的话儿哈。"儿子诡异笑了："说老妈您就放心吧，我绝不会让我的人生有污点。"

一回到我的城市，我就找到了男人的办案人员，我说我不想见到那男人，但请你们捎句话给他——我会带好我儿子的，请他放心。

想不到我的破釜沉舟有了奇效。

五年过去了，我不再被讯问被询问，更没见到法院的判决书。骨肉亲情成了男人魂魄深处的软肋，我感到了男人心间那份貌似尚存的柔情。

清凉的月儿摄入绰绰幽光在墙壁上，貌似男人的影子。我奔上去，紧紧抱住，似乎听到了他低沉、纯厚而沙哑的嗓音，仿佛又一次瞧见了初恋时男人的魁梧背影，至于说的内容，已不再记得，记忆中显示的总是过去那种心灵上的曼妙感觉。

泱泱的漂流

肖芃游荡了十年的心，只有一个主题，就是养育女儿成才。

如今，在女儿即将远走异国留学之际，新婚先生倡议，带着亦是“大一”了的新女儿，一行四人，驱车前往“宝天曼”——中原最高峰，避暑游玩。

先生猛然说：“漂流的地方到了，是悠闲漂还是猛士漂?”

三个女人异口同声大叫：“猛士漂!”

于是，他们一行四人，在一个身强力壮的撑船人的指挥下，皮艇一下子就冲进了激流险滩，一个近二十米的大落差，刺激得肖芃他们全体尖叫——而且，最原始的山泉水也当仁不让地一下子送给了他们每个人一份“落汤鸡”大礼。

肖芃发现漂亮新女儿白里透红的脸蛋上荡漾着亢奋的激情，彰显着美丽，整个身子像个轻巧的梅花鹿一般跳跃着落在了最前方。

肖芃叮咛：“两手抓紧扶手啊!”

然后，他们或在静谧河面上荡舟，和外船上的人用水枪大开水仗，彼此乐开了怀，哪怕人人耳朵进水、眼睛生疼、浑身湿透；或者他们挺进波涛汹涌的激流鬼门关，甚至整个皮艇竖立起来。一个看似村民的男人，飞起一脚，踹在了他们的皮艇气垫上，几乎倒立的他们，拼命地声嘶力竭再次尖叫起来，和初期的刺激相比，这时候，声音里全部充斥着恐慌，以至连沉稳的先生也禁不住高声喝叫：“啊——喂——喂——傻了呀——你!”

撑船人却只是嘿嘿嘿地笑。

于是，一直与先生十指相交，紧紧相缠的肖芃，突然明白，原来，那个踹他们船的男人，其实，是在平衡他们的皮艇啊。

猛然间，肖芃就有了份感激和心动。何时？肖芃也可以充当他们这个新家庭的平衡支撑点？哪怕蛮横地飞踹一脚。

小女儿也胆大了，想刺激刺激。肖芃趁着再次休憩时候，说："来，咱们剪刀布锤，一锤定音呵！"

在此游戏上一向屡战屡胜的肖芃，竟然立即如愿以偿地率先地败下阵来。她俩再战，哈哈，果真让小女儿如愿了，公平竞争，定钢锤。

体验最激情，刺激感喟，寻觅幸福，恐怕是每个人心底里的渴望吧？

但是，再上船时，小女儿错将船尾当成了头，而新女儿还想品味领航人滋味。一错当对抑或以对当错？这是个棘手问题，姑且沉默吧。

于是，一路的欢歌，顺水而下的呐喊尖叫，沉寂了些许。

再次倾舟倒水之时，新女儿说："妹妹，你来坐前面吧！"

小女儿面有赧色地说："你坐吧，你坐吧。"

但，新女儿硬拉着、推着妹妹，上了船头。

肖芃好似回到了童年时代，要彻底享受大自然。她要过刺水枪，开始对着离他们最近的皮艇，开战。开战。那边马上回应，一时间，只见空中交织的水痕，化成道道白花飞溅，在灿烂阳光下，荟萃出斑斓虹彩。

可是，先生发出了不满腔调："好了好了，就你好斗！害得大家跟着你遭殃，耳朵都进——水——了。"

人老，心就不能年轻吗？肖芃不禁有点讪讪。

想想孤独一人挣扎在人世间，何时这样淋漓尽致享受过这样的风情亲情爱情？在美丽大自然之清澈溪流怀抱里，返璞归真，不正是人人柔软的心念吗？

下了船，回到汽车旁，打开后备箱，才知道新女儿没有带换洗的内衣裤。

先生瞧了肖芃一眼，默默地孤寂地走了。

肖芃在旅行包里翻找着，希望有个意外惊喜——比如突然多出了一条新短裤。可是肖芃的是用过的，小女儿的虽说是新内裤，但她一直低声浅语着："我就穿着湿漉漉衣服吧，我要到酒店洗完澡，再换。"言语中透出的是哀求：妈妈，别强夺人之所爱呵。肖芃知道，那本是肖芃刚准备好的给她国外求学时候穿的绣花短裤。

可是，望着新女儿失意的眼神，肖芃好内疚，为什么出发前没有电话提醒她带上呢？更心虚，为什么不敢再厉声要求小女儿让出绣花内裤呢？

新女儿也抱着带来的干干的外衣裙走了。

一时间，肖芃很疼痛，仿佛一根线，死劲拽扯着她的心。

烈日炎炎下，一丝丝热风都没有，可肖芃发现先生送的昂贵的桑蚕丝衣裙却已快干了，于是肖芃决定：有难同当吧，等到了宾馆，一定买套新的，给她。

如厕归来，路过小商店，进去，肖芃竟然发现：有卖女人内衣裤的啊。

她慌忙跑回车前，拿钱，找新女儿——可是，她爸爸竟然已经买过，而她也亦换过了。

苍茫一刻间，肖芃泪流满面，直泻心灵深处。

心，再次，开始了泱泱的漂流。

约定情人节

孟焕和我相约到上岛咖啡馆见，在凌晨时分。

孟焕是个泼辣、开朗又浪漫的女子。但是像今天这样凌晨相约之事，还真是绝无仅有的。所以我十分惊诧和好奇，觉得她一定有什么特别需要倾诉的事情。

所以我盯住她，开门见山地问：“孟姐，和老公要离婚?”

她笑了，甜甜的。说：“要离早离了，还等到现在？我不知是迷惑了还是更清晰了，竟然面对老公的女友，可以轻松应对。我可以随时成全他们，只要老公亲口告诉我说：想离婚。你说，我怎么成这样了？十年前可是我忍辱负重维持了这个家庭的呵！现在竟然……”

我说：“是不是又是很久不在一起了?”

孟焕沉默了。良久，才说：“你的小说，我觉得就像是在写我一样，那是你的真实感受么?”

我说：“不全是，但我倒是希望有爱和被爱的感受啊。”

孟焕的黑眸立即呈现出来一种羞涩和甜蜜的色彩来，喃喃地说道：“八年前，我就有过一个恋人，我们好了五年哪。第一次见到他，我刚巧喝了个大醉，把他的豪华轿车吐了个乌七八糟。后来和他在一起之后，我才知道了什么是女人，什么是爱情，什么是宠爱……”

看着她盈满泪水的双眸，我想：又是一个多情女，落了俗套，被抛弃了还在念念不忘他的好。

她哽咽许久，才抬头看了我一眼，说道：“我才又去看过他，他睡得很香甜……”

我惊愕。耐心等候她的倾诉。她开始讲述他们相识相知相恋的经过。

最后她喃喃对爱情的体味："爱情就是一个人对另一个人产生的一种充满活力的内心世界的迷恋，这是爱恋的男人和女人心灵深处的冲动和激情！所以，那时我才显得生气勃勃神采飞扬！如果没有了他的爱，我也许会像一朵残败的玫瑰，萎缩、枯干。

也许他早早就预测到了结局，害怕我会走火入魔，就像飞蛾扑火一样，不将自己烧成灰烬，就不肯善罢甘休，而借故逃离了我吧？

我们在一起五年哪，其实我真的该知足了，也该彻底地忘记他了，可是为什么我就是不能忘掉他呢？

我已经将他给我购置的房产交给了他的亲戚；我还常常和他的朋友约会谈论、看望他；甚至深夜凌晨独自一人去墓地大哭……"

我惊诧："墓地？"

孟焕惶然恍然："哦，对了，忘了告诉你，三年前他死于直肠癌。他消瘦得只剩一把骨头，化疗痛苦异常的时候，他问我，想让我死于何时？我就开玩笑说：2 月 14 日，情人节吧。那天天还未亮，我就仿佛有预感似的从单位往医院赶，结果刚到医院门口，就接到他妻子的电话，说他拒绝一切抢救，走了……

"我不是不想最后时刻在他身旁啊，可我连夜在赶着完成一件紧急公务啊……"

说着，孟焕埋头哭泣起来。

眼见她的肩头，一耸一耸的……我却无言以对，只有默默陪她流泪……

缘　分

人说，叫两个人怎么走也走不到一起去的那种力量，称为缘分。

颜琛就是这样认定的。其实，他也是有意无意之中认定了这种意念的。活到“知天命”的岁数了，难道还能不知道何为可为，何为不可为吗？明明知晓是不可能的缘分，为何还要别着那股劲行事呢？颜琛就待袁草总是淡淡的，暖暖的，细细的，尽管他们之间已相距了千里。

但袁草不甘心如此了结了她认定的缘分。你想呵，三个月来，在冰天雪地的季节里，他们几乎天天晚上临睡之前，彼此互发上几条短信，温暖着彼此孤单的心灵，怎么能说不见就不见了呢？这种经历对于袁草来说，实在是首次，当然就特别珍惜，感觉那种慰藉真的太难得。不是吗，茫茫人海里，有谁像他似的天天在关心和温暖着她——一个在不惑之年又带着个儿子挣扎在人生旅途上的女人呢？又有谁像他似的那么在乎她每天的思想和生活状况呢？袁草甚至觉得自己和他的短信来往几乎成为了自己生活中最为重要的事情，甜蜜的、温馨的、热情的，有时候甚至还可以几乎一个长宵的通电话，那么多的事情彼此想要告诉对方，彼此分享那份被吸引的快乐。

缘，来自三个月前的一天晚上，袁草刚刚成了手机族，就撞见了颜琛的短信呼叫。

错误，有时也预示着一种缘分吧？

所以袁草就回过去一条短信：我们认识吗？

那边发过来一堆乱码。

有些气恼的袁草也给这个手机号码转发去了一堆的幽默诙谐甚至带点色彩的短信。

之后，他们常常互给对方一点点信息，在每天深夜里。

再之后，傻乎乎的袁草竟然就和那个叫做颜琛的博士开始了手机聊天。

不曾想，彼此竟然就上了瘾似的，一下子一百多天就飞逝而去了。

终于，有机会，袁草要去博士所在的城市公干了。

而他却害怕了，临阵逃脱，说什么害怕再次失败而再也不想成家了，因此，不如不见了。

袁草当然知道，要想成为男博士心中一直念念不忘的女人，只有去做永远也别让他得到的红颜知己。所以，不见也未必不是一件好事呵。只是，自己能做到只是一个男人的柏拉图式的恋人吗？十年孤单寂寞的生活里几乎不再有男人出现的袁草苦涩地念想着，合计着，不知道到底该如何办才好。或许顺其自然更好吧？

如果生活一定要将那股叫做缘分的力量横在彼此之间，也就只好听其自然了，袁草也就心如止水般地求见了那个博士。

谁曾想，他们到底还是人世间的俗物。

一见面握手之后，博士就忍不住地下意识地伸手拍了拍她的后背，于是，袁草立即感到了一股电流被射穿了全身上下似的。

那个烟雨蒙蒙的下午游玩，记忆中是那么的温情脉脉，天空又是那么的湿润蔚蓝，甚至海边的风也显得那么的柔和温暖，尽管还是在春寒料峭的时节里。

阴雨天气里，还有蔚蓝的天空吗？

袁草想，怎会有这样强烈的身体感应啊？晚上在决定是否要告辞的时候，袁草就迟疑不决了。她知道如果真的这样走掉了的话，从此也就天各一方了。她的心里就十分伤感，可是，不走又能怎样？

颜琛显得沉稳、冷静、淡漠。

袁草想，还是走吧，但是——心怎会这么不情愿这么不甘心这么这么疼痛呵，于是袁草大着胆子从背后抱住了这个心仪了如此久的男人。

她想：就这样就好，至少以后我再也不会后悔什么了，就这样抱抱就好。

她万万没有想到此举竟然成为了他们关系的转折点，简直就是燃烧的烈火呵。那种被一个强壮男人拼命拥有的感觉，实在是太美妙了，袁草如同沐浴在灿烂阳光下的妩媚妖娆的花朵一般，顷刻间，昂然挺拔，傲然绽放了。

然而，女人的心从此不再受伤害，男人的自由梦从此不再徘徊了吗？

什么是缘分呀？难道他们彼此之间就是彼此正在等待的那个知心爱人吗？

这之后，袁草才终于明白：原来两个人怎么走也走不到一起去的那股劲儿，才被称作缘分。

春

窗外春光明媚。

菡终于能够独自一人躺在宿舍的床上，缓缓地长长地吐出了一口幽气。她将双手插入那头直直地瀑布般地黑亮长发中，懊恼地狠狠地撸了几下。

奇怪，真奇怪。八岁儿子的母亲，三十二岁的所谓黄脸婆女警，怎会在这荒郊野外的培训学校“司晋督”培训班里遭遇如此心灵冲撞？简直像个十七八岁姑娘的初恋……难道真是遭遇激情？曾经采访过的他，现在已是某局局长。大前天晚上的联欢会上，他风度翩翩、潇洒大方。共舞时候，他猛然间询问她：“后天你如果一个人回去，我来接你！”菡始料不及，一慌，就有点呆傻傻的，呆望着散落于他身上、脸上的绿红紫色的光斑，觉得非常怪异。他又说：“你再想想，明天我走时，给个答复。”菡当即表现出来女警素质，几乎未加思索地响亮答道：“好！”现在想来，却很是唐突。

第二天下午，他走时候，太多同学送他——一个曾经闻名全国的优秀刑警队长人缘很好。本来就犹豫的菡，不知该如何答复他，只好眼睁睁地看着他踏入汽车绝尘而去。菡这才感觉自己的心一下子竟空了……酸酸楚楚地漂浮着的心，几乎不知今夕是何时。

菡悔恨地想：跳舞时候答应他就好了。但，这是怎么了？儿子、丈夫尚在家中呢。自己幸福与否并非重要，重要的是儿子，儿子需要爸妈。身为人母，说什么也不能毁了儿子的幸福呀！菡的眼前飘荡出与丈夫的种种不谐：原以为世上绝无仅有的婚姻才开始，菡就惊异地发现丈夫另有所爱。她眼睁睁地注视着他与初恋情人作柏拉图似的书信往来，心如刀绞地看着丈夫无处宣泄的苦痛掩藏在醉生梦死般地酗酒赌博之中而无能为力。丈夫激情澎湃需要她时，她却苦楚地感觉着他把她想象成了那个她。岁月早已磨平了她的情感，她也以为自己已平和冷静，今生今世与情无缘。天下婚姻几人拥有爱情？人常知足才行，岂能什么都有？期望值越大。失望也就越大，与其将来绝望，不如今日就不去企盼！

可如今，菡却痛于失却了一个绝好的幸福机会。他是那么优秀，那么英武，那么多才多艺，简直让人感到相见恨晚。唉！机会错过永不再来，倘若那天晚上答应他……菡再次感受着一种失去最宝贵东西时候的痛楚，像五马分尸般地撕裂着的痛楚。

这是怎么了？你与他都是有家室的人且都是警察。人得为他人着想才有意义才对啊，警察更是社会道德的护卫者。罢，罢，罢！欲说还休，倒是春的缘故，最难将息。

菡坐起身来，怔怔地望了望窗外。摇曳的白玉兰、飘荡的嫩柳、涟漪的碧波，统统沐浴在明媚春天的光影里……

春，是别人的，菡何曾拥有过？做个理智上的英雄罢。

菡苦楚地正欲再次躺下，远远的走廊尽头，电话铃突兀地响起来，空荡荡的长廊一下子充满脆悦的铃声，铃……铃……那么固执，那么撼人心扉。

婚姻狂想曲

郎蔓其实并不浪漫，也不漂亮，只是气质温婉而已。她漫不经心的总是亦梦亦幻之脱俗言行在今天这个世界上少有了，所以才被人们一致认可。

比如23岁那年，女友都已经谈上了男朋友，她却从来没有和一个异性拉过手散过步；25岁那年，她觉得该结婚了，于是别人都还在筛选男友的时候，她宣告：我结婚了！没有郑重其事的豪华婚宴，没有浪漫奢侈的旅行结婚，甚至没有给同事们分发哪怕一支喜烟一杯喜酒；33岁那年，人人都以为她婚姻美满事业步步高升的时候，她却悄悄地低调地离婚了，并走入了公安系统的最基层派出所，一待就是十年。

十年呵，郎蔓也不是没有在子夜时分想念爱情甚至是肌肤之亲的滋味，但是她实在是觉得那是种奢侈和妄想。不是吗？凡是涉及到了个人的私事，她总是想出种种理由说服自我而不去行动。

转眼儿子上大学走了，郎蔓尽管仍旧风韵犹存，但还是处处荒凉了，她才恍然地不得不开始下定决心，得再嫁。

如今没有人还在关心他人的婚嫁，这是个开放的腐朽的世界，谁还幼稚到要用相亲方式？再说，要让郎蔓也像他人那样拥挤在婚介所里，翻阅档案再约见，岂不就像被贩卖？

郎蔓黑眼睛里开始有了昏黄的色彩。

孤单和寂寞前所未有地袭击了她，使她异常恐惧起来。比如那天夜里，她突然被惊醒，侧耳悉听，竟然是自家的电视机正在播报体育新闻。绝对不可能的呵，只有她一个人在房子里呀，大门是上了锁的，即使有钥匙的儿子也是进不来的；电视机已经多天未开过了，插销电源也是分离的呀，难道会自己启动？……如果是以前，郎蔓肯定的会立即起身，手拿武器，擒贼！可是那天凌晨，她竟然全然忘记了自己曾经是个女所长，一级警督！

郎蔓终于承认：真的老了！需要一个男人了！

儿子似乎比她还急，竟然在互联网上为自己的“伟大母亲”征婚。于是，郎蔓也不得不时尚起来……那是个庞大的鱼龙混杂的世界，全世界的异性同性的聚集地，郎蔓小心翼翼地漫游着，生怕一个堂堂正正的前女所长不幸被欺骗被算计，岂不是要贻笑大方了？

本来，交谈十分融洽的，一听说要结婚才肯上床，便销声匿迹了；原来，相处相当和谐的，一听说要婚姻便各奔东西了。有愿意娶的，看中的定然又是郎蔓的大房子；有乐意嫁的，总感觉对方嫌弃的定然是郎蔓的儿子。

至今，郎蔓也想不起来，他们是如何联系上的，想不起是谁先给的谁“伊妹儿”，总之，他先打了她的电话。充满磁性的男中音声音，那么得诱惑了她？还是他的博深厚识？博闻强记？博士教授？还是春天临近，花落的声音却依然秋知道？郎蔓突然觉得心灵深处前所未有地荡漾起来了欢乐和温馨，幸福的滋味溢满了还算精致的俏脸上，尤其是黑亮的深眸，总是显得湿润闪烁淡然梦幻。幸福，就是一种惶惑的温馨的感觉吗？是风起时有人从身后为你披上的一件丽衣？还是疲惫时有人为你捧上的一杯清茶？

郎蔓觉得：一个好男人真正想得到一个好女人，更迫切需要的一定是一种血脉迸发、激情四溢的情爱之后的永恒。真正的爱情怎能是一场虚无缥缈的梦幻呢？它更应该拒绝的是卑劣和庸俗。

果真，他说他要飞过来，娶她，一周之内。

却从此，没了音讯。

三个月之后，郎蔓天天都要不止一次浏览的信箱里，终于出现了一封渴求已久的英文短信：“我以我父亲的名义给您寄发此信，希望您能够节哀……父亲在赶往机场的高速路上惨遭车祸，车毁人亡……今天看过你们的来往信件，才知道父亲真的是急着要到中国去结婚的事情是事实……”

还有悲惨、绝望可以和此相比拟的吗？

郎蔓的心刹那间癫狂，模样也近疯狂，大声尖叫：“我不要……婚姻，不要了！只要你活着……”泪水却顺着脸颊，如溪如雨飘落……

从此，公安局家属院里出现了一个总是衣着优雅，谈吐不凡的女“疯子”，每日见人就拉住，真挚地诉说：“我真傻，真的。我为什么一定要狂想婚姻呢？……”

笑玩愚人节

又是一年的愚人节了，人到中年、风韵犹存的袁草还是童心未泯，决定要好好愚弄一下她的知心爱人颜琛，同时，也借机试探试探彼此的情感深浅以及未来的情感走向。

所以一大早，她就对他说：“

有一位一心一意想要登上世界第一高峰的登山者，在经过多年的准备之后，开始了他的旅程。

但是，由于他希望由自己独得全部的荣耀，所以他决定独自出发。

他开始向上攀爬，天有些晚了，然而，他非但沒有停下来准备他露营的帐篷，反而继续向上攀登，直到四周变得非常黑暗，到处都是黑漆漆的一片，甚至月亮和星星都被云层給遮住了。

即使如此，这位登山者仍然继续向上攀爬着。

可是，就在离山顶只剩下几尺的地方，他滑倒并跌落了下去，感受着快速向下坠落的恐怖感觉。

他知道死亡正在快速地接近他。突然间，他感到了系在腰间的绳子，重重地拉住了他。他整个人被吊在半空中，上不着天，下不着地的，他只好放声呼叫：

‘上帝啊！救救我！’

突然间，天上有个低沉的声音回应道：

‘你真的相信我可以救你吗？’

‘我当然相信！’

那就把系在你腰间的绳子割断。

短暂的寂静之后，登山者决定：继续全力抓住那根救命的绳子。”

“亲爱的，你说？你肯丢掉绳子吗？”

颜琛说：“我傻瓜呵，当然不会丢掉那根救命绳子的。”

袁草失望地讪笑：“但是，据说，救护队员第二天在距离地面仅仅十尺的地方，发现了那个冻得僵硬的登山者遗体呀。”

颜琛一怔，本来悠哉自在的神情顿时丧失，孤单的自由男子汉之形象一下子显露无遗。

袁草知道，其实距地十尺处的大地，就如同婚姻。只不过需要彼此放弃过往的一种自由和独立的生活罢了，再次走入婚姻，彼此真的就不能行得通吗？虽说一朝被蛇咬十年怕绳草，但如今的人们，为什么就不能相信“上帝”的话呢？在这个世界上，难道真的就没有救世主了吗？为什么每个人都更相信自己的眼睛和耳朵？而不是为了他人为了信念为了理想而生活着呢？

袁草也不是不惧怕呵，她也在想：“美满婚姻”存在吗？

但是袁草坚持说：“亲爱的，你不肯放弃什么，肯定就不会得到什么的。既然你不肯要婚姻，我只有放弃你了……家里已经为我找好了一个老头，大我18岁，我觉得和他一定能携手走完后半生的，只要我们彼此信任、忍耐、宽容，就一定能够相亲相爱的，能够‘执子之手，与之偕老’的。”

可是……瞧瞧颜琛一副似听未听又无所谓的沉默样子，袁草开始感到了心灵深处先被针刺之后又喧哗起来的疼痛，如同墨渍一样慢慢地一点点地渗透了一整张雪白的宣纸。

于是，不得不自食其果的袁草只好走离了颜琛的视线……她苦笑伤痛，摇摇再摇摇头……呵呵，女人本来很愚蠢却还要愚人呢，结局却是笑“玩”了自己一把呵！结果最伤感的人还是女人呀。

不是吗？过往的温馨甜蜜的情感呢？欲仙欲死的情爱呢？肌肤相亲的情分呢？都被愚弄丢了吗？

呵呵……袁草抹掉泪珠，避开了微笑，心想，就算是为了将来永久的记忆吧，也该笑“玩”这一回的。

行走的鞋

鞋，总是给人一种意象的。

儿提，几乎所有女孩都羡慕那些女模特，因为她们可以夸张地炫耀婀娜多姿的水蛇腰，因为蹬着一双像有着魔力的高跟鞋。十八岁后的女孩全然明白，要想有资格脚蹬魅力鞋，必须要刻苦修炼自我的行走能力，也几乎每个女孩都乐此不疲的，放眼望去，男孩子都傻了：如今的女孩，怎么一个头比一个头高呢？尤其是那些伴着一米八个头男朋友行走的女孩子，更是趾高气扬、眉飞色舞、靓丽妩媚的，好像有了魅力鞋，就可以拥有了一生挚爱似的。

肖芃也不例外，只是她是个女警，常常不得不穿制式低跟皮鞋。办案件，走长路，她的确感受到了制式皮鞋的优越性：有板有眼，有逸有劳。但高跟鞋的魅力依然那么诱惑、迷人。

有一次，一个男同事好不容易擒获了一个犯罪嫌疑人，街头邂逅肖芃，就按下车窗忙着打招呼。于是，狡猾的犯罪嫌疑人瞅空突然挣脱了男同事的手腕，踩开另一边车门逃了。虽然肖芃立即一甩手提袋，用那双刚刚上脚的漂亮高跟鞋“当当”有力地敲击着路面狂奔了几十米之后，还是一个踉跄，扑倒在地，七寸高的鞋跟断了。脱逃成功，男同事被记过处分。虽说和她无关，但这事件，足足地令肖芃郁闷了半个月。不仅她崭新的高跟鞋报废了，去换吧人家还不认，说：票据何在？如何证明是我店出售的？想想，肖芃也以为对：为什么不重视证据呢？真是可惜了那么多的工资啊。也是笑话，自然不敢张扬，毕竟警察也会那么寸呀！

愧疚的肖芃见到男同事也就更加赧色，一来二去的，不到两年时间，两人竟然走到了一起。警察们纷纷说：也算缘分，只是可惜了肖芃，一朵鲜花败了。第一次听到这样的话，是在肖芃不得不要求到派出所工作后。即使这样，一天深夜，醉醺醺的丈夫还是带着儿子来探访，说："为何不接电话?"其实，肖芃才出警回来，手机忘在了包里，而包正躺在枕头前沉睡呢。肖芃就挖苦："怕我有外遇?"丈夫立即恼羞成怒，劈手就打，肖芃一点防备都没有就一下子倒在了地上。儿子吓哭了，肖芃气急骂道："混蛋，竟敢打我了！算什么警察！"丈夫还想上脚来踢，被值班所长一个踉跄推出去几丈远，嘴里还厉声喝道："你翻天了，竟敢在我们派出所里打老婆？再敢动手，我跟你拼了，我要让全所民警来揍你！我就不信，治不了一个狂暴的你！"肖芃泪水满面，却只能硬吞下。同事告知她：你丈夫实际上就是个有名的暴戾警察。每次醉酒后，就打人，多次被处分了。

也许，这是他阐释酒精益处的最佳注脚？肖芃很迷惑，当初为何擅自背离父母恳求？难道爱情的诠释，就是当初，高大、英俊、洒脱的他，再配上也是身着警服、脚蹬魅力鞋的她，并肩行走在马路上，吸掉了多少个少男少女的眸子？

苦果自酿啊，怜悯儿子吧。但丈夫却变本加厉更加嚣张狂妄了，直到肖芃有天中午回家，看到了不该看到的肮脏一幕！肖芃才如将一座沉重的大山推倒了，释放出了格外的轻松和精彩，好似焕发了青春一般。

肖芃专门走进商场，买下了一双平跟镂空式的皮凉鞋，黑色透亮的，通气、舒适，甚至寒冬腊月她也会钟爱地穿上她，奔波于岗位和儿子之间。

职务升了，儿子也考上一流大学了，一切终成正果。前夫，那个失职的嗜酒警察，也终于有了自己的去处：非法限制他人人身自由而被判入狱三年。很快，据说他在狱中自杀了，留给儿子的遗物，竟然是双崭新的球鞋。不得不陪同儿子处理完其父后事后，肖芃明白，那个人一定是被狱中室友殴打致死的，毕竟，里面的人没有不恨警察的，或许还有他亲手关进去的人犯呢。

不管怎样，都得先将未满18岁的儿子，送往大学所在地的江南大都市去——回程的火车上，肖芃恋恋不舍地将那双镂空式的皮凉鞋，擦得锃亮锃亮，还装上了新的鞋垫。再瞧瞧，鞋帮处已有一开线的口，竟然十分夸张地呼吸着，宛如游来游去的鱼儿跃出水面时候的嘴巴。肖芃摇了摇头，沉吟良久，才喃喃地说：“好好地去吧，会有怎样的命运等着你？我也不清楚，但你一定能到达你的目的地的。现在，让火车载走你吧。”

肖芃想：我要重新出发。

穿上旅游鞋，迈出坚定的步履下火车，她甚至没再回头张望一眼那双被她遗弃的镂空式皮凉鞋。她知道，前方一定会有更舒适、最适合自己的鞋的。

然后，行走，一直向前，貌似修行。

玛尼堆

深秋的稻城美又炫，晶莹剔透的，阳光已不再叫阳光而该称之为金光。山、水、树都貌似长在一张张油画里。只是，稻城没有青藏高原上的高山与野海子，于是，我和先生继续探究青藏高原的纵深处，一路过了香格里拉，过了崎岖蜿蜒的人类修筑的藏寨，向南向南。亚丁村，散落在山窝里，海拔4000米以上，午饭时，我们终于抵达。

先生心仪一位长辫子大眼睛藏族姑娘的搭讪，午饭，就在她家的“香格里拉客栈”吃了。原来，她已是一位妈妈，生养着一个九岁的小女孩。很快，藏族小媳妇，一“素菜”西红柿炒鸡蛋、一“素菜”炝炒紫茄子、外加青稞饼、酥油茶端上了餐桌。正宗的藏饭！先生和我不顾高原反应，立刻斟上青稞酒，风扫残云。残羹冷炙时，她的丈夫带着一个活蹦乱跳的小女孩回来。简单一聊，才知道他是个小学教师，教管着一个十多个孩子的小学校，仅有一、二、三个年级，一个教职员工，那就是他——康扎西。他包揽了全校所有的数学、语文（普通话）、政治、体育还有藏文的教学与管理任务。藏族师范毕业生，已在此工作好几年。小媳妇嫁来后，租了个藏族人家小城堡似别墅的二楼三楼，起名叫“香格里拉客栈”，小生意生机盎然。他笑说，我们就靠媳妇的额外收入来弥补每月仅有的2000多元工资的不足，以及学校的亏损。

小媳妇笑了，说小日子过得还算充实、富足。康老师看着她，也笑了，一脸的幸福。

先生笑问：“这儿全部被开发了吗?”

康老师立刻推荐：“对我们来说，一切开发了的景色也就那么回事啦。倒是青蛙海，你们真该看看去，一个尚未开发的野生原生态大海子，不知道比景区海子要大、美且灵多少倍呢。我们只需 40 分钟就走到了，你们来回大概得需四个小时吧。”

我和先生立刻呈亢奋状。

康老师也兴奋，说：“我领你们上路吧。”

于是，我们在紫外线超强的璀璨阳光下，出发。

海拔 4000 多米的青藏高原山路，走起来真是十步一大喘，必须的，需要小憩。我们穿插过了葳蕤茂盛的原始森林，蜿蜒过了荆棘丛生的土质小道，跨越过了清澈见底的小溪河流，处处原始纯净，处处清秀迷人。有的地方，漫山遍野都是原生态的兰花草。晶莹剔透的阳光就流连在幽绿的树叶草尖上，也散落在娇艳的不知名的小花花瓣里。

崎岖的山路越来越窄，没了荆棘没了森林更没了美景。拐角处，一桩枯树根，突兀地坐落在小溪旁，裸露着狰狞的面目。树桩顶部的木质纹路清晰且平坦，疑似被刀疼痛地割锯过，恰似我的温柔——再婚家庭貌似都有的悲哀。

康老师停下了脚步，说见到岔路口右拐，小河木桥过后左边走，一直走，就到了。

雨，不知何时，已从零星转成倾盆。风，不知何时，已从惬意小吹到寒彻心扉。仰一下头，乌云密布；瞟一眼左下方，万丈深渊。我俩就行走在泥泞的浅蓝土路上，细长狭窄，奇妙又鬼魅，有水的地方，一脚下去，会陷进全部的鞋子，没水的地方，踏一脚去，会感觉干爽硬实，心生强烈的安全感，不必再惊恐慌乱。我身缠羽绒服和男式雨衣，依然抵挡不住风口狂飙过来的寒风，更不用说骤雨，如同冰雹袭身。先生简直不用说了，毕竟一切御寒的东西，都在我的身上。有几次，我头晕眼花、气喘吁吁，脚落地时如踩在棉花上，疑似阵阵狂风要把我拽入一脚宽外的悬崖深处，我狂吼。先生回身使劲拽住了我的手腕。我俩的体重相加，或许可以挡住狂飙的寒风剧降的暴雨？一前一后，我俩同行在崎岖山路上，手牵手，不敢有一点停歇，生怕一停下，彪悍的暴风骤雨——风，至少得有八级风力；雨，至少彻底淋透了我与先生，就会彻底吞噬我俩毫无分量的肉身！

考验，疑似走过了八座山的悬崖路。我不敢相信，我们走过来了吗？——回去，还敢走吗？前方，是我们的终极目标？康老师可没说，有山崖路，且这般的严峻、陡峭和漫长。迷路了吧？先生摸出手机，我也打，却都无信号，也打不通。恐惧弥漫开来。

我说，翻过这山头，如果还不是，就打道回府吧。毕竟已过三个钟头了。惘然之时，猛然发现，雨停了，风歇了，一道清凌凌的炫丽彩虹挂在了刚刚走过的山崖路山腰上。

快看，彩虹！刹那间，刚刚历经的艰辛和苦难都化为乌有。真的，只为了这一刻，什么都值得的。哪怕觅不到了野生原生态的青蛙海！雨过天晴后的高原山峦，更纯净靓丽，远处的重叠山峰和近处的斑斓灌树景辉相映，堪称了人间天堂。

狂拍乱照后，我俩决定，走，继续向前进发。一鼓作气，我们走上了山巅。山的那一边，还是山。我满心疑惑却朗声高咏："妈妈，山的那面，是什么？妈妈说，山的那一边，就是海！"可高原山峦，阻挡了我的视线。先生说："你稍候。"我去高灌木丛后边看下，如还不是，就必须打道回府了。

我倚着一棵树，小憩，深呼吸，瑜伽般地。突然，我听到了先生的惊呼："找到了，就这里，青蛙海——终于找到你了！"

我忙奔过去，脸色煞白，气喘吁吁，天啊，不过是一小坑积水而成的水滩而已。但，希望就在眼前了。山的那一边，一定就是海！

我俩跳过水滩继续前行，一脉蓝色的海子呈现在眼前！我说，这个，一定就是传说中的蝌蚪海。低头细觅，我真看到了小蝌蚪在水滩小溪里游来游去。海拔4500米的高原上，小蝌蚪还能成活？我终于明白了为何这里的野海子要被叫做青蛙海了。

果真，再前行百米，群山环抱里，静谧、纯净、安详的大海子展露出了她的靓丽风姿。姹紫嫣红的灌木丛包裹着她，七彩缤纷的沼泽地护卫着她，让我俩说到天边去，也无法靠近、无法触摸、甚至无法和她亲密地窃窃私语。海是云的家，云在动，时间也在动。静止的，只有水，以及水下面的裸鲤鱼、石头和沙泥。我近距离地站在海子边，梦幻树的影子、云朵的影子和我的影子，倒映在水面上，仿佛它们都来自水底世界。落日，在远山上，露出一张圆圆的脸盘，像是喝醉了酒，又像是被画家涂抹了颜料，红红的，浓，鲜。风，从云端从海子上吹来，我的影子，树的影子，云朵的影子随之晃了晃，就被揉碎了，化为满海子的残阳，染红了静水，也染红了回程的惆怅。愁怨的还有遗憾，毕竟已然深秋时节，听不见了野生青蛙的喧闹，他们都沉寂了，不再彰显生命的迹象，只有那些游动着的黑色小蝌蚪，向我们宣布着来年的繁花似锦。原始、纯净、苍茫与悠远，一种大美不言的深沉韵味萦绕胸间。这个蓝色地球上最后的一道最曼妙的香巴拉景色，难怪被英国人詹姆斯·希尔顿在《消失的地平线》里如是阐述他对香格里拉的诠释："香格里拉是虚静的，非异化的，它是一个玄奥难测的谜，是梦，是传说，是幻象，是人类理想驻足的彼岸世界。进入那个世界，犹如成了佛陀。身心全部有了寄托，没有法规戒律，没有朝拜仪式，一切繁杂手续全部废除，而只剩下心灵的自由出入。"

四个多小时的回程路，几乎是在暮色里疾行，我疲惫极了，却懵然猛地一眼瞧见：玛尼堆！就在蜿蜒山口拐角处，那枚纹理清晰的枯树桩上，有十几块大小不一的白石头，堆成了一座"创世的玛尼堆"。宛若神灵驻守、美轮美奂。

今后的我们，还有何苦难不能攻克的呢。

玛尼堆。康扎西老师。青蛙海的祈福。

云台山之谜

李小夭刚刚落座，三个男人就直冲进编辑部，前面俩嚷嚷着，最后那男人很安静。坐到沙发上后，他的黑色套头衫衬得他肤色更加润白。那种白是一种婴儿肥，叫李小夭想起儿子百天时白藕一样的胳膊腿。一阵冲动，居然叫李小夭很想伸出手来掐一掐那里——肯定能流出清澈的水来吧。李小夭有点赧色，眼神看过去，却见那男人也在凝视李小夭。李小夭慌忙低下头，心想，这人的细长眸子怎么这么锐亮。幽黑。深邃。据介绍，他是某诗刊的副主编，和李小夭一样要去云台山参加笔会。

云台山是个5A级景区，满山覆盖着原始森林，深邃幽静的沟谷溪潭，千姿百态的飞瀑流泉，如诗如画的奇峰异石，都造就了她独特完美的自然景观。据说唐代诗人王维就在此写出了“每逢佳节倍思亲”这样的千古绝唱。茱萸峰就是她的主峰，海拔1304米，要踏千阶的云梯栈道，才能登上。李小夭在会议缝隙时偷空登上了峰顶，一个人独自俯瞰太行深处，巍巍群山层峦叠嶂，平原沃野田园似棋黄河如带。李小夭心旷神怡，真正领略到“一览众山小”的意境。过往的不适，通通消逝。李小夭是头儿，出发前是从单位直接走的，一套职业西装裙似乎与这份悠闲不太协调，李小夭就穿上了儿子的淡紫色短裤背心，反正谁能知道李小夭是一把手呢？

过了低山头，前面出现了两条岔道，一条是台阶石梯，登上后可沿山坡石坂路向前行，两旁郁郁葱葱树木高可遮天，这些葳蕤树木在石缝中生长，多有几百年的树龄；一条路是水路，橡皮船过“幽潭”，攀“仙渡”，可见昔屋一间，有若与世隔绝，旁有小道，直通“天瀑”。李小夭决定走水路。颇具诱惑力的昔屋，叫人渴求若能隐忍于此，真胜过天仙了。

云台山的水真叫绝，三步一泉，五步一瀑，十步一潭的。落差310米的云台大天瀑，是中国最高的大瀑布，如天河决口，汹涌急速，势不可挡，犹如擎天玉柱，蔚为壮观。瀑布落地时候却雾雨濛濛，飘飘洒洒。李小夭像鹰一样绽开双臂，仰头吞吃着零星水雾。

一个男人的声音响起：唯一的女人 \ 从天上走来 \ 铺天盖地 \ 密密麻麻——

李小夭一惊，扭头，是他，李小夭笑起来。

一个人?

您也是?

好吧，那——我们搭伴继续?

好的。

他们沿着山路，默默走着，一会儿并排，一会儿前后。突然，他递给李小夭一枝淡紫色小花，怒放且幽香。李小夭回头遥望大天瀑，树叶缝隙里的她，上吻蓝天，下蹈石坪，依然震耳欲聋、气势磅礴。

猛然，李小夭清晰了她的眩晕：我也该像他一样生活着。读书，是我的一种生活方式；写作，是我寻找自我价值和意义的途径；旅游，是我偶尔游荡灵魂的形式。李小夭凝视着他的背景，暗想：活着，就要这样地生活着。那么，李小夭——能与您同行吗？正好他回头，李小夭慌忙说："给您推荐一种地方小吃吧。武陟油茶，秦朝称甘缪膏汤，汉称膏汤积壳茶，选用的是精粉、珍珠淀粉、华胜、芝麻等24种高级香料进行科学配方而成，具有益肝、健胃、润肺、补肾等多种功能，味道浓而不腻、芳香可口。"李小夭胡乱说着，其实李小夭并不知道李小夭都说了什么。

三天时间飞速完结，他们回到了出发点。女友让李小夭叫车来送，恰好前夫闪现。李小夭欲怒，却见他走出了大门。尴尬无措间，一种疼痛的滋味弥漫了李小夭的心扉：李小夭最丑陋的一面怎能被他撞见?

他们一笑，面无表情地彼此告别。

三天后，李小夭短信，无音；中秋思，亦然；于是，李小夭删除了一切。

一日夜半，李小夭突然看到晚报副刊有这样两首诗歌：

《一米之外》：一米之外\纵然背影\也让你有\回头一笑的幻觉|一米之外\纵然石头\也终会在凝视中\发出替代言语的叹息|一米之外\气息总在透露\宁静？波动？起伏\点点滴滴？隐隐约约\以春天的最有力的方式|一米之外\那男子伸出手的刹那\又忽然轻轻地抽回

《那一刻》：那一刻\疼痛统领着一切\喘息，咳嗽，细微的颤动\甚至远处的水声\甚至眼前的光芒\那一刻\疼痛就是疼痛\或者说，疼痛就是世界\世界就是疼痛\记忆腾空所有地方\只为了疼痛，这无礼的君王\那一刻\打击与拯救竟在同时进行\存在之线，脆弱，失语\却被疼痛照亮，这伟大的疼痛啊\让紫花地丁盛开在山顶\弥散烂漫的意韵\那一刻\疼痛在言说\我在默默地倾听——

清泪夺眶而出，李小夭低泣。

儿子欣喜若狂奔进李小夭的办公室："老妈，我考上哈佛了，网上通告了，全奖啊！您——您——怎么了？"

李小夭哽咽，又快乐得笑了，说："没事没事。什么都没发生过。真的，从来都没发生过什么的。"

后跋：未经诗人高兴先生同意而借用、演绎了他的诗歌，期盼理解通融，切切。切切。

恋爱滋味

肖莎19岁的外孙女飞进屋来："外婆外婆，恋爱是什么滋味呀？"

肖莎笑了，说："你们这帮九零后呀，连这都不清楚啦啊？那我给你讲个外婆的真实经历吧。

话说上个世纪八十年代初，我和他在一个培训班上邂逅。结束时候，他自告奋勇送我夜归到了咱家楼下。你想，从一个城市自驾车3小时相送，不正说明点儿什么吗？细思量他那双炯炯有神的长眼，幽幽瞳孔里恐怕唯一能拥有的女人，也就我肖莎一个人而已吧？

思念一个人，等待一个人，哪怕仅仅只是一个身影的呈现，都叫人恍恍惚惚又精神亢奋。我天天躺在床上遐思冥想：难不成爱上了？不会吧不会吧。有时候，我都以为自己的手机坏了，赶忙打个电话出去试一试机，结果无论是接收还是打出，那个3G时代的玩物都是好好的。可是，他的电话依然杳无踪影。男人女人交往初期就是这样的吧，谁主动谁就会首先败下阵来。我还是决定要强忍着焦躁、委屈和傲慢，等着等着，等着那人的主动。

算算时间，离临去培训班的时候批得的公休假期还有一周工夫，我就很欣慰。放松地一个人待在家，简直就是赛过活神仙一般地悠悠。一个人呢，躺在床上沉迷、发呆、冥想，深情地记忆着一个人，一个异性，那意境，神奇又魅惑。

快一周时间啦，无论早晚，我根本想不到吃，想不起喝，甚至不知道到底是沉浸在过往的记忆里，还是在感受过往的一点点一滴滴的细节。更为诡异的是，我一周7天168小时的不吃不喝，居然一点点饥饿的感觉都没有。当然啦，我每天告诫自我一定要喝上几杯纯净水。

每当楼下响起了汽车的喇叭声，或者有了汽车悄然滑过的声响，我就会从床上跃然而起，跑到临街的那一扇窗户，低下头去张望。张望。张望。除了看到一群群一对对或者初高中生或者年青恋人远去的背影，根本就没有我所祈求的人出现。一次次的失望，并未叫我绝望，反而激发了我的期冀，更深切的渴求。

有一次，一阵敲门声，我立刻逃到卫生间，抓起梳子又拧开了水龙头，梳了脸又去洗头发，发现一切乱了套，脸色不由得一片片绯红，慌忙告诫自己：稳住稳住稳住，却又一下子碰掉了口红，捡起口红，双手使劲旋转出水红色彩就往嘴唇上抹，蓦然又意识到脸色过于红润润的啦，慌忙接了一捧水浇到脸上，凉滋滋的感觉叫我的心儿略微平静了，这才羞羞答答又迟迟疑疑地拉开了门。门外，哪里还有人？幻觉？明明听到了敲门声音了嘛。

再躺倒在床上，我一个劲地回想：刚刚到底有人来过吗？会不会是他来了，等不及我开门，就又走掉了？不会是走火入魔了吧。我何时疑神疑鬼过？是就是是，不是就是不是嘛。又不是少女怀春。35 岁的少妇，说什么也比不得靓丽少女了，何况离婚时候还要定了小娇女的抚养权，也就失去了自身的优势。算算单身的日子居然也有 5 年 1825 个日子了，我想，风韵犹存的蓝领丽人肖莎还在吗？真的邂逅了后半生的爱人了？

整日里，甚至一夜又一夜，我就瞪着又黑又亮的眸子，眺望着窗外月走星移，直到东方鱼肚白。

那天清晨，春暖花开，柳絮飘飞。我起了个大早。悻悻地从衣橱里取出职业装套上，往穿衣镜前一站，大惊失色。过去穿这套衣服到身上，那叫一个叹为观止的合身。如今，却是绿肥红瘦，使得身子像根竹棍，逛逛荡荡似乎一稻草人在麦田里随风飘荡。迈到太平称上一称，大为震惊的是，我居然一下子瘦掉了 20 斤，就这一个星期 168 小时时间里。过去，我想减肥，除了节食跑步，甚至天天吃一根黄瓜两个西红柿仨瓶酸奶，也依然有着一个小肚腩，也掉不了一斤肉。现在好了，从来不饿，从来不困，精神亢奋，满腹饱胀，除了潜意识上的模模糊糊又迷迷糊糊神态，居然 20 斤肉不见啦。

电梯里，遇见女友，惊叫声声，我就笑，呵呵，减肥行动减肥行动。

女友缠着要秘诀。我无奈笑言，谈恋爱吧，谈上一次真正的恋爱，就是一场这样的减肥运动。嘿嘿——女友错愕的表情至今还历历在目呢哦。

那天傍晚，我牵着小娇女的小手走出学校，一眼看到：他就站在那排葳蕤茂盛的槐花树下，整个空气里，也荡漾着白槐花的幽幽奇香。

小娇女睡后，我利索又快速地做了两个凉菜，启了一瓶茅台。面对面，眼对眼，沉默却成了金。

夜半三更，我醉了。他也很酣，说，你去睡吧，我就睡你家沙发。

我慌忙找来枕头被子，放到了他的脖下，身体上，说，这种感觉真好。

他似乎笑了，却未说话，我细看，原来真醉酒的人是他也。

躺倒在床上，我亢奋难眠。于是，我一溜身，抓起枕头被子褥子，摞成一叠，抱起来光脚走到了屋门口。铺整好后，迷离又麻利地褪去身上的衣裤，换上那件一直未曾穿过的粉红色吊带丝绸睡衣，就端坐在沙发前，静默凝视着酣睡的男人，双眸渐渐变成了弯月。”

外孙女终于听不下去了，蹦起来跳起来叫起来：“外婆外婆，这叫什么恋爱滋味呀？要是我们早就钻进他的被窝里了！”

外婆正色道：“丫头，记住，爱，是发自内心的一种情感。恋爱，就是两个人之间的最强烈最稳定最专一的感情。细致地纠结在这种情感氛围里，才能彰显出她的曼妙滋味来啊。”

最短的甜蜜距离，才能酿出一种酶。

这种酶，就是恋爱滋味。

微妙滋味

肖莎身材窈窕脸蛋也算美，爱读书，勤思考，好写作，工作没两年就被誉为局里“一支笔”。

一日，她写了篇散记，被一家国家级大报给刊登出来不说，还获得了大奖。一次招待媒体记者的宴席上，新任局长乐呵呵地盯着她，说：“哦——你就是那个肖莎呀，那篇散记写得好，有时间我们好好聊聊！”

肖莎立刻发现，处长的眼睛里闪过一丝不安和妒忌。之后，每每有特别重要的新闻采访时候，再也不指示肖莎去了。也好，肖莎就从公文简报里觅线索，在食堂饭桌上聊人物，那些人物纪实文学就纷纷出台。

却不料，在处务会上，她就被频频不点名地批评：“有的人，就是自由散漫，目无组织和纪律，知道不？人活着，要自重！要懂规矩！”肖莎只好朝看过来的全处人装傻微笑。

一日午饭时，局长来电，说：“肖莎，到我办公室谈下你们宣传上的失误。”

肖莎一听，急忙给处长打手机。五分钟内，肖莎和处长赶到局长办。谈论了近半小时的近期宣传工作存在的问题和失误后，局长做出了明确指示。回到办公桌前，肖莎静默地一回想一思索：呵呵，哪里有什么失误和问题？全是赞誉嘛！询问处长，他也是一脸惘然。

这就有点诡异。

又一日下基层采访赶上和局长共同晚餐，局长酒酣。被基层单位的汽车送回局大院了，局长却似迷路的孩子傻傻地笑，步履蹒跚，道：“肖莎，借下胳膊。”肖莎只好搀扶着两鬓已然白发苍苍的局长回到了他的那个硕大华丽的办公室。进了内间卧室，放他躺倒在床上，他的一只手的手指尖尖似有似无地从肖莎的左胳膊肘处轻轻地滑过，停留在肖莎的手掌心里，然后，轻轻地悄悄地挠了挠。

肖莎正在说："我给您倒杯水——去——"蓦然感受此景，也就豁然顿悟，她的脸迅速绯红，难堪至极。但肖莎还是硬着头皮倒了杯水，放到床头柜上，就立刻说："您——早点休息，我先走了!"然后，撒腿就逃。到了家，肖莎拧开水龙头，就着清水，洗呀洗，一遍遍地用香皂涂抹那被触碰过的肌肤和手心，再用清水洗涤了一遍又一遍。

半月后，局里开展下基层活动，肖莎顺理成章地成了被驱逐的对象。新华分社一副总听说了，很惜才，立马主动去说情，却很失望，来电讯问："肖莎，难道你就是小傻？嗯——？一点都不懂职场潜规则吗？居然一帮人都不看好你？我甚至说到了'如果让肖莎下基层，就是你们局宣传工作上的一大损失'这样的话，居然也留不住你。怎么回事，嗯——？"肖莎很失落，但却更坦然了，微笑道："也好呀，我正想体验基层的生活呢。"

肖莎的辖区有一位市领导，偶遇肖莎后就常常盛情邀请陪同晚宴。拒绝也无用，次日，他依然继续邀请。渐渐地，肖莎也就参与了，渐渐地也就感觉自己似乎与众不同了——常常有人打着这位领导的旗号来办各种事情，甚至在他主管的业务部门人事升迁事宜，也似乎成了肖莎可以定夺一下了一样。肖莎开始还觉得很好笑，后来居然有人跑到她的家，悄悄地将装有20万元现金的茅台酒两瓶放到了茶几下面——她一发现就恐惧极了，就趁着一次酒宴，故意爽了次酒疯，并将钱甩给了那位领导，闹得那位领导也大恼。肖莎细细思量，很有些遗憾，毕竟他俩还共有一个嗜好，那就是品味各类书籍——常常在一起眉飞色舞畅谈一下对某部书的领悟和赞美。但是，似乎肖莎并未能脱得了干系，人前人后，总有人指指戳戳，好像肖莎乃一情妇……

潜心读书吧，越是读得深且多，肖莎就越是有一种想要文学创作的冲动和灵感，想要述说想要表达，一份心灵深处的需求，她就将所有业余时间全部用到了写作上，一部20万字的长篇小说很快脱稿。

肖莎请出版社一女编看稿，居然被评写得很棒，并要她请客且叫上她的总编辑。也是，如今得讲究潜规则了。女责编毕竟是多年女友了，请到了老总，还不客气地带上了自家先生——省宣传部一位副部长。豪华晚宴上，大家一致认同肖莎的小说，如同一道霹雳闪电，好似一声轰隆惊雷，前途不可量。临走，老总问肖莎："美女，有车吗?"肖莎说："打的来的。"他就乐道："那就坐我的车吧，正好顺道。"肖莎也很高兴，正好有机会和老总谈谈长篇小说出版的细节问题。肖莎就礼貌地看看女友及她家先生，说："那我就先走了，顺路搭个车哈！拜拜——"不想，那位副部长居然心有城府地抢先道："我同意，你——跟他——去吧。"言外似乎还有它意？一路上，肖莎发现老总沉默又漠然，不过，老总最后还是说：有两点小小的修改建议。

肖莎夜以继日改了三天三夜，修葺完毕交稿。

半月后，女友来电却说："老总说了，不易发。"

什么才叫不易发？那一道闪电、那一声惊雷呢？

肖莎想：回家做主妇吧，不再与鸟人打交道。是金子，早晚都会发光的。

老公是个公司老总，很爱肖莎。于是，小继女就将病逝的母亲遗像挂到餐厅里，居心叵测地悄悄说："我就是有恋父情结。我将来的老公就要像我爸这样的。我的血管里始终流淌的都是我妈妈的强悍血液，我不会让属于我妈妈的包括我该得到的，永远失去的！知道不？嗯——?"

肖莎听得一个哽咽，差点被一口水噎死。她想笑，又想哭，要知道先生的原配，就死于蓝色的血液病啊。

醉

寒冬，静谧的夜空无半点儿星光，马路上参差着斑驳的月影。

“大老刘”步履不稳地迈进此城唯一的“不夜城”——三鲜烩面馆，目光逡巡着琳琅满目的服务酒柜：精装仰韶不是他所能买得起的；奢侈的茅台想都别想。“唉!”平日里粗门大嗓惯了的声音，此刻却是显得很虚弱：“给我拿瓶简装仰韶吧。”

接过酒，“大老刘”熟练地用小钥匙起开瓶盖，然后一仰脸儿，咕咚、咕咚，一瓶酒瞬间不见踪影。痛快！五十九年来，“大老刘”第一次感觉到“喝”酒，原来是可以如此舒畅的。“咣——”的一声，空瓶落台，“大老刘”转身、迈步，身板硬硬地跨出了门，眼睛余光留下了柜台小姐惊异而疑惑的粉脸。

阵阵寒风迎面而来，仿佛撕裂了“大老刘”那张满是皱纹与虚肿的脸，他魁梧、笔直的躯体突然间好似矮了半截，一双浑浊的眼睛显得十分委屈、无助。

“瑛，你说，为什么要让我去找领导？独生子警校毕业分配到刑警队，遇上谋私利的领导被骗两年，仅发工资没有编制，谁会想到编制竟敢被县委书记的待业儿子顶替？不管怎么说，现在那书记被调离，儿子问题不是也解决了么？为什么要让喜爱刑警活儿的儿子回市里来？瑛——难道你不知我一辈子从不求人么？你为何要让我去做我不能也不肯更不愿去做的事呢？难道我们几十年的夫妻，仅此就分手了？瑛——你怎么就能说得出口？你怎会也变得世俗、浮躁呢？”

摇晃起来的“大老刘”一眼瞧见前方有位姑娘背影绰约，黑色棉大衣也掩不住娇小身躯。玲珑的背影，火红的围巾，更使得姑娘好似在跳跃着前行，尤其是腰间飞舞着的两条长又黑的粗辫，让醉眼朦胧的“大老刘”认定：那——就是他相濡以沫三十载的妻子瑛。

他像追魂似的嘴中狂喊：“瑛！瑛——你别走！你不能走！”他的脚步生花般地从后面扑上去，张开双臂拥抱住了长辫姑娘。

姑娘惊惧地拼命挣逃着：“你、你认错人了吧？快、快放开我！救命！放开我！来人呐——流氓！”

凛冽寒气逼人，路两边居民楼的窗户亮了，好似给姑娘壮了几分胆子，添了一点希望。

一个年轻人从对面快速跑过来，照着“大老刘”的脸上，就是一铁拳：“放手！你这个糟老头子，竟敢大街上耍流氓，反了天了……大老刘？怎会是你？咋回事？到底——不，我没瞎了眼吧？刚才我还给我这新媳妇讲你，说你是咱辖区无人不知无人不晓的好‘片警’呢。我俩正准备明儿一早给你送喜糖喜烟呢！这是咋回事？你不是从来不喝酒的吗？”

“住嘴！”“大老刘”瞪起血红血红的眼睛，“老子是二等功臣，十年前就是！老子破持枪抢劫银行杀人案的时候你还没出生呢！老子是功臣！老先进！这片儿哪个人我不知，哪家事我不晓？老子现在是无权无钱，但老子有颗红心，懂不？红心！”“大老刘”悲愤地大呼小叫，撕破寂静的夜空，“瑛！你可不能不要我，没有你我就什么都没有了，瑛——”

“大老刘”哀求地蛮横地再次拽住姑娘的胳膊……大家又扭成一团……

不知谁想起了“110”，很快两位全副武装的年轻巡警冲过来要带走本就相识的“大老刘”。

但，昔日沉默寡言的“大老刘”简直变态了：“去——老子入警时，你们还在娘的怀里撒娇呢！一边去！”

被吵醒的居民们穿上厚厚的棉衣，下楼来围了一圈，议论纷纷。认得“大老刘”的劝他醒醒，不认得的只撇嘴：“片警？啥素质！”

巡警恼羞成怒，叫了市局督察。“大老刘”被“扔”上了督查车……当夜，他便被“掷”进了禁闭室，期限七天。

第一天上午，“大老刘”的妻子来送饭，老夫老妻四目相对，抱头痛哭。“瑛，对不起，我把警察的脸丢尽了，让你也跟我背黑锅了，我该死啊！呜——”“都怪俺呀，要不是俺怕儿子在乡下没人照顾，要不是俺逼你去找领导，要不是俺威胁你要离婚……”

第二天上午，英俊的儿子气咻咻地冲进屋来：“爸！你干的好事，丢死我的人了。昨天领导找我谈话，我已经坚决拒绝了‘片警’的活。你记住，我要像你干了一辈子户籍外勤一样，干一辈子刑警！你就让我干我爱干的事吧，您也别去干你不愿干的事，好不好?”一碗浆面条上卧着两个荷包蛋被“咚”地一声放在地上……

第三天上午，新婚夫妇出现在禁闭室门前，一个大红喜字罩住的一瓶茅台酒，被小伙子小心翼翼地放在墙角，三双眸子流出不同意味的泪水……

第七天下午，夕阳的余晖斜射进禁闭室内。双眼湿润的局长从床上拉起几乎是一夜之间生出白发的“大老刘”，低声说：“对不起，难为你了，我知道七天前你已经办了退休手续，我已无权关你的禁闭。但——老同志，感谢你的理解和支持！”说着，局长双脚一并，右手一抬，一个标准的敬礼……

“大老刘”被搀扶着走出了禁闭室，一下子惊呆了：一排警察小伙姑娘笔直地伫立着——所长大步上前，紧握白发老人的手：“全所民警来接您回所。今天起，我们返聘您为我们的‘活电脑’‘片警’，希望您老啊，接下这聘书。”

老人清瘦、苍白的脸上泛出些微的红晕，灰黯的眼睛闪出些微的泪光，一双手颤抖着伸过去……伸过去……

无　常

人生无常，生死有命。比如朝露，去日苦多。哲理，谁不晓？惟人够纠结。

段金荣微微苦笑了一下，说："等我卖掉两百平米的房产或用十年时间去挣——相信刚被世界五百强外企录用的儿子，也定能帮我还上您支助他的留学费用十万五——哦，按您清算的，六十万！给——借条。我唯有一个请求，就是明天，我们去办个手续吧，离婚的。我也想清了，失去的爱，不会再风驰电掣般地回来。只怜惜您女儿再无机会谩骂我了。我儿子也算叫了您多年的老爸。所有这些情意，不至于说完就完吧。"

箫颉一脸肃穆，接借条，点火烧，说了话："无常，才是生存的魅力。"

段金荣惘然，心却一动，立刻说："你意思是讲，我俩还可继续老来伴？"

箫颉笑了，沉默，良久，才又说："别总不把村长当干部！你犯的就是战略上的错误，不可能被我原谅的。"

段金荣静默。莫名其妙地，成了战略上的错误。五十岁了，他娶了她，再婚吧，也还卿卿我我的，关键时刻却这般地陌生。中间隔着五十载的岁月，到底意味着什么？他的人生，除了中年丧妻，还磨砺过什么？她一直觉得像有个黑洞，幽深幽深的，无法跨越，貌似永远。

再婚初期，段金荣感觉他俩属于"阴差阳错型"，但——也罢，只要人儿心善，铁杵也能磨成针。一开始，他俩被对方的一个眼神吸引。心灵的默契，引导他们走到了一起。婚后，她天生优越的审美观，在他的爱与敏感的刺激下，更具创造力，而他也很欣赏她的灵活机智，两人都觉得非常投缘。可牵手一久，他的疑虑多心就让她吃不消，而她也给他留下了浮躁不稳定的恶劣印象，两人矛盾升级，战术上呈现的是以冷暴力具象。

为改善关系，她甚至不惜魅惑装扮，穿上干净整洁的衣装，吸引他的眼球；炫紫的衬衫外加笔挺的西裤，也让她的大脑陷入空白状态。他甚至调情蜜语，说我只想用行动来证明我对你的爱！她更甚至意乱情迷，注重调整对方的情绪，还缠绵感性，却依然难以为继。

段金荣想说，爱她就学着放开点，不要整天闹情绪，天天给脸色，冷暴力更伤人。要说他属鸡男人，与她属龙女人也算速配大吉的主儿：周易上说两人相互吸引，速配度极高，所谓“龙凤呈祥”，只是两人不是女为凤男为龙，略遗憾。她追求前卫，在意生活的点滴，对另一半求完美。挑剔，却终是个热情大方的人，有主见，肯上进，不仅自己要求进步，还要求另一半进步。她属于天秤座属龙的O型血人，感性、活力但自负。个性柔和浪漫，迷醉开放乐观朝气，充满了罗曼蒂克的气氛，浑身散发出一种迷人的光彩，不管是生活上还是职场中都很春风。

所有这些好，箫颉都看在眼里，记在心头。每当她风头出尽、骄傲自满时，他就会告诫，却每每不成。尤为可恼的是，她故意挑逗他的耐性，说什么有个速配男：狮子座、A型血、属虎滴。于是，他——属鸡AB型血的巨蟹座人便中了圈套，彻底沉醉在自我的黑洞小穴里，黯然神伤。嘿嘿，要说他是个充满了情感的男人，虽然外壳坚硬，但内心高度敏感、温柔、深谙做人之道。尤其善于对别人进行细致入微的观察和体验，常常承受怀疑主义的自我折磨，自尊心极易受伤，一会儿冷若冰霜，一会儿多情善感，一会儿怒容狂飙，让她深感错缘。

特质，便是，忽大忽小。

段金荣儿子留学归来，他讥讽：“一百万，买回了这片纸?”

段金荣儿子受不了奚落去鹏城觅工，他说：“该在家考公务员，叫他回家。”

段金荣觉得毕竟他女儿也回了家，且讨厌她的存在，就决意随儿子住段时间，他说：“你，就没什么别的安排了吗？嫁给了我的人儿，是你。简直是，不可原谅的战略上错误。”

箫颉有种本能的生存和自我保护能力，不喜欢直接的交锋和冲突，遇到矛盾，习惯采取含蓄、间接的方式来回避。紧闭坚硬的外壳，像螃蟹一样地后退、躲避，表达出他难以发泄的愤怒。他用复杂、谜语一样的“弯弯绕”方式，让她迷惑，懂不了他的奥妙。

箫颉也知道他的软肋——内在世界的脆弱与缺乏安全感。保障安全是他的重要基点，只有身后有强大的金钱做支撑，他才会感到可靠。他比任何人都懂得金钱的价值，他有无尽的动力创造财富。情感上，他更需要温馨的港湾，渴望建立人生的巢穴来最大限度舒适地生存在地球上，只要被他的蟹爪抓住，无论是财富还是女人，几乎没什么能让他放手的。

分析至此，段金荣豁然，无常，也蛮好。谁叫箫颉的真正幸福，是建立在自己的女人和孩子们的身上呢？家，是他神圣的乐团。诚挚的父爱，将带来儿女们必需的精神稳定与平衡。窒息、占有、操纵她的个性的作法，算为宠爱吧？

无常，宛若闪烁的繁星，夏日的雷电，亦是生存的魅力。

辨别清晰了这一切背后的蕴藉，小家便安定了，大家必然稳定，如此如此，也算不枉耆老流年。

夜 钓

初夏，先生硬拉我到了石漫滩水库——一个山清水秀的国家森林公园。

傍晚，爬过山、洗过澡的我们，伴着“渔舟唱晚”的余晖，静静地、惬意地漫步于“情缘扎蓝桥”上。桥本身就长在清水里，听着涛声、蛙声，我们散淡地细数着彼此对这里的感觉。

我的心儿，那么得充实又甜蜜，三年的婚姻生活始终都那么让我陶醉。

先生说：“此行，了却了我34年的一个心愿啊，我终于看到了这个水库的原坝遗址啦，我可以告慰我的灵魂了。”

我早就知道，他17岁那年的8月一天黑魆魆的凌晨，倾盆暴雨大到了极致，用一个脸盆端着，伸出去，缩回来，脸盆里的水都直往外流泻、溢出，之后，石漫滩水库坝毁，掘堤，陇海铁路上的轨道几乎瞬间就被洪水冲击成了一根巨长的麻花。万里白茫茫啊。

先生当时正巡逻在一个知青点的一条河坝上，蓦然震惊地发现：河外边的水居然高出了河床里的水位。继而，开始有白花花的人儿、扶着木箱的人儿、躺在麦秸垛上人儿，还有就是抱着木板的人儿们在洪水肆意泛滥中哭叫着飘过来，又无奈地荡过去~

怎么回事？怎么回事？怎么回事？没有人能告诉他们。

他们就用树枝，就用测水位的竹竿，几个人一个抱一个地抱着彼此的腰，探着身子，打捞着那些被噩梦惊醒的奄奄一息的人儿们。后来，越来越多的人体儿飘过来，如果不及时给予他们一根这样的救命“稻草”，他们也就如同流过去的逝水一样，叵测。命绝，救助的人儿们开始危险的单个作业。

整整一夜，先生一个人总共救助上来了5人，后来，还被评为抗洪模范。那时的乡人盖房无地基、睡觉又习惯于裸体，所以家破人亡的枚不胜数，即使救助他人的先生最后也就只剩下了一条短裤来裹体。那片汪洋，那副惨景，以及之后水退去后，挂在树枝头上的那些惨不忍睹的尸体、荡漾在空气里的尸臭气味以及硕大的绿头红头大苍蝇，永远记忆在了他的脑海里。

现在，他感喟：我终于见到了罪恶惨状的始作俑者！

我凝视着黑魆魆的水面，静谧地如同夜空，那些儿远处的波光粼粼之上的点点灯火，也许就是天上街市里的星星？

走过了那悠悠晃晃的长长的吊桥，我突然看见远远的水边，闪烁着荧光，我说："看，——萤火虫？"

先生笑了，说："那是夜钓人鱼鳔的蓝光。"

"夜钓？一夜都坐守在清澈水旁，一个人？坐一夜？那是一种怎样的境界？意境？真的？整整夜钓一夜？不睡不眠？不吃不喝？我不信。"我说。

先生说："这就如同你一个人创作激情和灵感猛然光顾的时候一样，坚守在电脑旁，枯坐一夜，奋笔疾书，一个道理。"

可我依然惊诧，依然诡异，依然浮想联翩。我静默在那些夜钓人的背后，体味着他们乐趣的滋味，感悟他们的思想境界。

夜深了，蛙声、虫声更浓了，露水打在我的身上，我开始咳嗽，开始流鼻涕，先生就拽我回房，我们也就睡了，伴着毅然决然的静谧。

清晨，婉转、清脆的鸟儿们的歌喉，划破了森林氧吧。给予人类厚厚负离子的清凉，丝丝地渗进我的肌肤里、视野里、思维里，甚至久违了的公鸡打鸣的嘹亮声音，都在催促我：快快醒转来，快快醒转来。

我飞奔下了半山腰上的小别墅，蹑手蹑脚地来到了清清的水边。果真，夜钓人真的还在那里，寂静。欢喜。一身衣裤很潮湿的模样，依然静谧、安详、沉寂、欢喜。就那样端端地凝视着鱼鳔，静默。静默。静默，如一座座雕塑。

寂静，欢喜。生命，就是这样华年逝水吧？爱情、趣味、价值、意义，这些人生字眼，惟有沉浸其中的自我才能够拥有的吧？哦，不，也不是，还妆点了他人眸子里的景色啊。意义也就非凡。

我转过头，泪汪汪地盯视着随我而至的先生的眼睛，问：“你救上来的5个人，现在还有来往吗?”

先生摇了摇头，说：“只有一个女的，要结婚时候跑到我的大学里，一定要邀请我回乡下参加她的婚礼。我推辞不过，就去了，还真受到了特别热情的款待。”

我说：“那个，被你救上来的穿汗衫的小女孩，可还有印象?”

先生很惊讶，问：“咦——我没给你说过这个细节呀?”

我笑了，眼泪都流出来了，哽哽咽咽地：“知道吗？那个小女孩在你大三时候偷偷去看过你，那时她刚刚考上了你所在城市的高中；后来，那个小女孩又悄悄去你的公司看过你，那时你正沉浸在刚刚添女的幸福里；再后来，那个小女孩再不结婚就要被世人称做孤家寡人变态女的时候又最后去看过你，居然发现，你的原配病逝了——知道吗？那个小女孩第5次看到你的时候，就是那个春暖乍寒雨潇潇的相亲夜。”

先生猛地按住我的双肩，火红的双眸湿润了，一双大手使劲地摇晃着我的身子，惊叫道：“天——呀！你——你真是那个傻丫头呀!”

苍蝇

尤小雅并不美，但优雅。女人都这样夸，她就微微一笑，樱桃小嘴吐出一句名言：因为知道，所以优雅。

她的知性美，无人堪比，首屈一指。所以她的到来，机关大院里即刻轰动。

有一留英女博士想叫板，闯进尤小雅的办公室一亮相，立刻乖乖地走掉了。别人问她怎么着？她说：“人家岂止知书达理，还丰娆妩媚呢。”

有一好事男人叫嚣说：“这种女人没一个好东西。就像一辆公共汽车，肯定任人上去下来自由自在的，根本不值得欣赏。瞧她年近三十了，还单身。据说，恐怕，原单位混不下去了才调到我们这里来的。”

一把手那柟很男人。一日走廊上邂逅，也惊艳。感觉尤小雅整个一个二八岁似的妙龄少女模样。高窕丰满白皙的身段儿，靓丽飘逸棕红的长发儿，清秀娇嫩泛红的脸庞儿，脆亮清澈袅娜的吴语儿，都已证实了她的沉鱼落雁，她却还要让她那丰满的胸部，像两只跳跃的小兔一样，冲破护栏直冲你而来……再细瞧，她修长胳膊上娇黄嫩毛柔软晶莹，饱满润泽的肤色白皙剔透，这样的人儿简直就是妖冶嘛。所谓妖冶，在男人看来，妖，就是妖蛊，以妖媚的姿态迷惑人，正所谓“貌嫽妙以妖蛊兮，红颜晔其扬华”也；冶，就是冶夷，那种妖媚的样子如同《淮南子·修务训》里说的：“冶由笑，目流眺”。这种女人怎么可能是个良家传统女！

那柟一日酒酣，拍着胸脯，当仁不让，扬言搞定，不出一周。当然，他这是对着铁杆校友发的毒誓。机关大院人们谁能知谁能晓呢，要知道那柟可是一把手哈，怎么地，也要注意形象的。

那柟可不是一般一把手儿。他有职有权，还是一个散文大家。他的那篇《荻花漫记》甚至获得过全国凤毛麟角的文学大奖，更是这协那会什么主席什么主任什么之类的头头脑脑呢。说起话来，也是文质彬彬的，更不用说相貌气质啦。他有一通高论，说女人似花，完美的形式正如一朵花的开放，美丽是相同的，但花的开放形式却有着各自的不同。男人欣赏女人的过程就是寻找一朵花独有的绽放形式的过程。而形式又藏身于花的开放之中。人生要超越这“一朵花”，开放出鲜活的文字之花，美妙的思想之花，瑰奇的生命之花，就会幻化出“鲜花”之灵矣。

尤小雅蓦然听到这般言语，不由得不高看一眼她的一把手，真乃具备了迷人的男人魅力！接过他递给她的冒着清香的铁观音茶，她不禁有些惶惑。一把手更知性，而且博闻强记。霸气中有点赧色，文雅中带着强悍，更让人有种踏实的感觉，像久未谋面的大哥一样。他身上的沉稳是来自骨子里的，大概就是职位、岁月和文化洗礼后的积淀与迸发吧。

两人坐在那楠办公室的大沙发里，你一句我一句，像多年未见的文友畅所欲言。间或，尤小雅有些紧张有些惘然，双眸炯炯的一把手叫她来就是为了引经据典？还是为了布置工作？要说，轮不到一把手给她分配工作的，毕竟，之间还隔着主任呢。

一小时过去了。尤小雅诚惶诚恐。

夜色袭来，月光如水，房间影影绰绰。

一把手并不开灯，依然意犹未尽。

趁着他端起杯子喝水瞬间，尤小雅站起身来，说：“那局，我太打扰您了！我得走啦，我男朋友正在我办公室等我呢。”

那楠一怔，亮晶晶的眼神刹那间浑浊。他忙说：“那好那好，我也该下班了。我们一起走吧。”

尤小雅迟疑一下，就走在了前方。到了门口，她一把拉开沉甸甸的屋门，右脚上前别住了门。可还是已经晚啦，一双大手从后边端的推了下门，就紧紧拽住了她的俩肩膀，猛地往后一拉，一个硬邦邦的东西即刻抵住了她的小蛮腰。她震惊。张大樱桃小嘴——啊——尚未出口，看到一只“嗡嗡”叫着的苍蝇俯冲式地逼过来，她立刻往后突地一翘饱满的臀部，身子就弯下去了一大截，那楠马上疼痛得大嘴张开，那只极速俯冲而来的苍蝇便直接撞进了他的口腔，落在了他的嗓子眼处，几乎来不及思量，他就把它生吞活剥进了肚子里。

虞美人

静默地，流淌着流淌着流淌着。

黄黄的泥沙，裹着黄河水默默地在这片平展的土地上涌动着、翻卷着，那浓浆玉液，显得十分厚实、险恶。远远地天边，一条白光，定是那激流翻滚的黄河主干道吧，带着明的暗的漩涡，如逝水东流，夹于其间的河床上，裸露出一块块黑魆魆的泥沙脊背来，显得那么斑驳那么突兀那么丑陋。

鱼顽童一样，跳跃着，高呼：“啊——母亲河，我来了，我真想躺在您的肚子上欢腾撒娇啊！”

飘飘大失所望般地说：“黄河，我——来了，我第一次看到了您的模样，您怎么——竟然就是这个样子？‘便作春江都是泪，流不尽，许多愁’呀！”

方阴沉着一张才下火车疲惫不堪的脸，念道：“什么时候我也没有想到，我热切扑向的母亲河，竟然就是这个模样——黑母亲！”

我哑然。我是率领他们来朝圣黄河的，我对黄河没有什么不了解的。千年污垢的堆积，自然会叫母亲河淌血，流出的鲜艳血水就如同那袅袅娜娜的虞美人花朵。

我想我也是“水流无限似侬愁”呀，说难听点，我现在就只想做一株小小的毒毒的罂粟，我想叫我那全株的毒素生物碱，诋毁邪气缠身之继女的中枢神经，即使她慢慢地中毒，甚至致其生命危难，也在所不惜呀。谁叫她一直对我心怀叵测？

过往，我无数次来到这里，对着我的黄河我的精神我的支柱倾诉倾诉倾诉。

我知道我的别名还叫赛牡丹、小种罂粟花、蝴蝶满园春，甚至我还可以就是楚汉之战时候项羽的宠姬虞姬虞美人，我可以为楚霸王起舞，含泪咏唱："汉兵已略地，四方楚歌声。大王义气尽，贱妾何聊生。"再拔剑自刎，血洒疆场，只要我不再如此地凄凄惨惨戚戚地活着。

我凝视着远方那块裸露的黑色脊梁，我仿佛觉得眼前漂浮着的就是虞美人的风姿，葱秀袅袅、华丽娉娉，随风飞舞，俨然翩翩彩蝶在展翅。我就是那花草中的妙品啊，我的红象征着虚荣，我的白展示着睡眠，我的淡红喧嚣着安慰，我的深红憧憬着狂热与梦想。说白了，我的花语就是安慰、遗忘、休息。我就是很想很想轻松轻松。虽然我能耐寒，喜爱阳光和肥沃的沙壤土，但我更能自播自种。我清楚我怕暑怕热，不耐移栽，更怕有人用恶意用毒气用邪气摘毁我的神气捣碎我的骨骼。可是，记忆中就连那个宋朝皇帝诗人李煜也不得不面对苦难感喟惆怅：春花秋月何时了，往事知多少。小楼昨夜又东风，故国不堪回首月明中。雕阑玉砌应犹在，只是朱颜改。问君能有几多愁，恰是一江春水向东流。

我感慨："我们不过凡人，我们又能如何?"

鱼却说："我们能，我们可以成为精神上的佼佼者。看今天，在这儿，我们多么欢畅惬意幸福!"

是的，我们在渔船上欢畅，我们在清风里吟诗，我们在黄河里把酒，我们渴望我们的生活总是如是这般如诗如画如歌如醇酒。

鱼说："我们要读书。"于是诵屈原《离骚》，我们即将"上下而求索"；"我们要咏古今中外经典小说。"于是我们叹杜拉斯的《情人》书里绕嘴的片头语和她渲染出的一幕疯狂而绝望的爱情悲剧；"我们要通《金刚经》。"于是我们一个腔调开始了悠悠洒洒地低声咏唱。

鱼又说："我会词牌名中唯一流传下来曲调的《虞美人》调乐曲。"

大家就说："快唱快唱。让我们品味宋词古人的凄楚情怀——"

鱼就开始引吭高歌。

我心儿灵动，就默念：这，可就是我的魂魄?

面对鱼的慷慨激昂，我却黯然神伤。

方注意到了，对着我，断然曰："不要那么家里长短。要记住，我们是普通人的灵魂工程师，不要和带邪气之人去相提并论!"

鱼诚挚地说："尤其不要用他人的错误，来惩罚自己。"

飘飘什么也没有说，只是通晓一切地将纤细柔弱的手放到了我的肩膀上。

一股股暖流，在冰凉凉的风里，穿透了我的心扉。黄河呀，您能洗刷清楚我的幽幽怨怨吗？所谓跳进黄河也洗不清的无处诉说之情愫啊，如同您本身无法诉说的被龌龊被玷污被唾弃。

我茫然转头，却看见太阳蓦然从乌云里跳出来，也是要来警戒、宽慰我的吗？灿烂光芒就照在缓缓流淌的水面上，一片粼粼，白光熠熠。

我，该忘却不肯接纳的挑衅？该遗忘过往点点滴滴的磨砺？该忘却一个人黄河岸边嘶声力竭的哭泣？

哪怕只是为了这份母亲般的情怀？好吧，我就不再做那一株毒罂粟。

要重塑我们的母亲河！

对，鱼说，方说，飘飘说，重塑我们母亲河清澈伟岸慈悲的博大形象！

我顿时豁然开朗，眼前即刻飘满了虞美人姿色斑斓的娇艳花朵儿，也仿佛看到了黄河脊背上盛开了无数娇艳迷人的"赛牡丹"，随风飘荡随风飘荡，荡出了居然就荡出了继女的娇美而别着劲的小脸庞。

一震一惊，仿佛再现了娉娉袅袅的"丽春花"。

要知道，"丽春花"的学名，就叫"虞美人"。

倾诉梦魇

“吴局，您好！您有时间吗？……哦，那好，谢谢……我就是想给您汇报一下我近段的思想，可以吗？”

“噢，别客气，那我就喝一口，我最爱喝的就是凉白开了，都说女人一日八杯水，美容养颜赛仙女嘛！”

“吴局，其实，我一直都很想来找您的，谁不知道您是我们警察女人中的佼佼者啊！何况还特别善解人意？特别公平原则？可我又怕被别人说闲话，好像我特别喜欢背后捣鼓什么似的。所以一直想来又不敢来……现在，我真的是郁闷极了。所以我要斗胆了，给您好好地倒下我的苦水……您不会厌烦吧？好——那就好，我就开讲……？”

“吴局，当初局长让我到这个科室工作，我是不愿意来的，您是最清楚的，对吧？可局长认为我到这里最适合了，我才像回到原点一样，一切从头开始来，尽管十年前我就曾经是这个科室的科长了，但毕竟很久没有与媒体打交道了。一晃啊十年了，少了的是关系，多了的是岁月，一切好像都与原来的新闻运作大相径庭。有一个词汇最适合形容现在的公安与媒体关系，那就是“悖论”。彼此间最缺乏的就是心与心的沟通和交流，人人争做的事情，好像都是名啊利的，记者们和通讯员之间也是要独霸一个窄道的，否则就是破坏潜规则，成为大逆不道的异类，遭到同仁们的白眼和侧目。比如那天我们送稿件，想让那女记者领着拜见一下我过去的老师——现在报社的老总，却不料从此算是得罪了这女记者，甚至连正眼相看一眼都成为了奢侈，更不用说请她写稿和发稿了，莫名其妙地就将一条路堵死了……”

“警察和老百姓之间也是矛盾重重。老百姓说了：“你警察拿了那份纳税人的公务员工资，你就应当奉献出那份力，干嘛要大肆宣传？这些报道的事件难道不都是你们应当干的?!”老警察说了:“咱警察现在都是他妈的孙子、戏子、傻子,拼命奉献甚至不惜生命,谁以为咱高尚咱伟大?可咱的工资居然养不活孩子老婆,家里家外还难得顾上,老了一身病也无钱治,更落得家人白眼瞧。都是为谁辛苦为谁忙啊?!”

特别想要告诉您的,吴局,就是,我可从来都没有想挤兑谁呵。可现在,让别人说到我的脸上,说我算计了他人,才使得他人没有着落地在派出所搞什么调研了。当然原因或许只有一个,那就是政委找我俩谈话交接工作的时候,最后说了句:“让你去调研,其实就是为了给她腾位……”为此,我可真没少被挤兑。我是稀罕这岗位呢还是政委太无德啦?但我只能微笑,无法解释。您可能还不清楚,吴局,那个原科长竟然对我说:“谁谁谁是政委的同行红颜,谁谁谁是政委的媒体红颜,谁谁谁是政委的现任红颜。”好像言外之意就是:照照镜子瞧瞧自己吧!尽管我心里讥笑,嘴上还是答:“红颜知己,并非一定就暧昧!”

这几个月来,我带着科里人,没有汽车没有汽油没有经费地忙碌着,先后组织媒体采访了二十余次,发出的稿件也有三百多篇了,容易吗?可是,就是有人一直挤兑我,甚至拿警察的利益为自己图谋前途……比如那天局里被晚报曝光的事件,据说事先有记者来落实情况并找过原科长的,但是他……悄悄地对记者说:“跟我没有任何关系……随便曝吧!”吴局,我真的不知道现在有些人的集体荣誉感哪去了?难道对外时,我们不是息息相关的一条船上的风雨同舟之人吗?

我太失望了,更悲哀。我不知道和这样一些人共事,不定哪一天就会被他们画个圈,然后还乐呵呵地主动跳进去……帮着他们数着钞票呢,很恐惧不是吗?

为什么——告诉您?吴局,看见原科长现在如此耀武扬威、春风得意的样子,我就觉得他的一切方式一切煽惑一切暧昧一切圈套,或许我都不妨也去尝试一下啊,或许真的就会灵验呢?以毒攻毒嘛。我恐怕更会飞黄腾达吧?最起码我不会像现在这样,如此窝心了……以其人之道,还治其人之身!呵呵,我也不在乎了,最坏结局也不过就是一个被辞退!您不帮帮我来学坏吗?哈——哈哈,给我一个理由,我要和他血拼到底——”

一蹬腿,我并未跌入悬崖,却原来只是一个梦魇。

“唯物”主义者

都说肖芃耐看、淡雅、大方、沉稳，举手投足间总有股说不出的韵味，尤其和一群穿警服的姑娘们在一堆时，就显得格外有气质。肖芃还很寡言，尤其不喜欢说什么大话费话谎话空话恭维话，每当需要这些时，她总是眯起雾里看花一样的双眸，微微一笑。肖芃以为她只是一片绿叶，全靠竞争机制才露了尖尖角，成为警界佼佼者，而终于变成一朵“鲜花”。“鲜花”总要朝向“太阳”的，于是，肖芃也常捕捉“太阳”的一切信息。

那“太阳”，留着平头，双眸炯炯，敢说敢为，是条强硬的汉子。他干起事来，总是“大手笔”，别人干不成的事，他总能有本事“摆平”。几年前，为了统一行动方便，他要求给所有警察都配上可以群呼的传呼机。好家伙，他的一声令下，一万名警察迅速到达指定的案发或排查地点。肖芃很诧异：三天内，购置万台呼机的钱都是各单位“化缘”来的吗？

他要求，一年内全局实现“无纸化网上办公”，届时所有的案事件、逃犯、公安信息以及人口信息均可在公安网上查询资料、下达指令、通报案情。于是，各分县市局局长立即开动脑筋，寻觅钱财来配置设备并开始学习操作计算机。因为他说：“不换思想，就换人！”

为了实现封闭轮训警察的愿望，一所占地千亩的西方建筑格调的警察培训学校，二年内构筑成功；为了让警察有地方娱乐休闲，占地千亩的美观舒适的度假村，三年内建成……那里有一个清澈荡漾的泉湖……肖芃曾在度假的酷暑午休时分，四处无人之际，不顾“禁止游泳”的限制，脱掉外衣、外裤，“三点式”地畅游了一个小时……也不是不惬意的。

于是，一句流言在城市的上空热传：你以为你是“太阳”，想干啥就干啥！

肖芃真的认为“太阳”就是与众不同，不然怎么很多大案在他任内就能顺利破获呢？比如震惊全国的恶劣的特大持枪杀人抢劫银行百万元现金的案件侦破了；比如嚣张的黑社会团伙近百人半年之内曝光瓦解了……辉煌成就让人瞩目。

他呢，好似总是个超负荷运转的机器人，头脑清晰，目标明确，决定了的事情，绝不更改，任谁都得听从他的调遣指挥。即使与搭档当面辱骂，最终也还是“太阳”余晖照耀：竟然鼓捣着撤掉了搭档的这个工作岗位！他搞了个自己的工作班子令行禁止，运作起来特别得心应手，以至全局上下无人不“害怕”“太阳”那两道浅黑色的平眉下，细长的灰眼里，闪烁出的略有所思的“呆愣劲儿”……那就如同“太阳”里的一颗“黑子”一样，显示着神威，且凡此劲儿呈现：必定会有人或被停职或被撤职或被禁闭或被辞退。于是，“从严治警、从严治长”，首先就在那眼神里体现——

凌晨时分，“太阳”来查访派出所警亭……乡野里寒风瑟瑟，恰好当班的副所长出警了……于是，赶回来面对“太阳”的时候，副所长紧张的双手颤抖着，磕磕碰碰地回答不清一切被提出的问题。分局政委恼了，用不意察觉的方式悄悄地瞅空拍打了一下副所长的手，意为禁止他不要抖动那一双明显痉挛的大手……可是这年青的副所长竟然慌乱中失声叫道：“不行啊！政委，我控制不住我的手了呀！”政委恼怒：“怕什么！都是人，人格上大家是平等的。”

肖芃经常想：太阳还有一定的亏缺呢，他的爱情、亲情、友情呢，疑惑就没有吗？“太阳”到底想要的最后结局是什么？

一次，公安部领导来视察，所有人都上派出所三楼参观了。肖芃手拿带水的纸杯，紧跟着“太阳”留在了二楼走廊上，随时备他弹烟灰，因为只有他才可以不顾任何场合，自顾自地吸烟，且要留下长长的烟头，随处乱扔……当然了，“太阳”自然拥有这份特权……只有他才可以这样沉默这样凝视着院内那片静静的葱茏的青草绿树，半天不弹一下那已长长的烟灰……

肖芃忍不住打断其思路，问道："您看见了什么呢?"

"一件物体。"

"能搬开它吗?"

"当然。"

肖芃恍然大悟，真是刹那间，想透了一切……在他的眼里，何曾有过人呢？全是物！只要能够呼风唤雨，只要能够叱咤风云，只要正在行进的路前方，有人阻挡了他的决定，妨碍了他的步伐，他必定要将他们全部踩死、伐掉、推倒！

不惜一切代价。

傲视人间的意识，超前。有时候呈现的，未必就不是一种卑劣。

魔鬼训练法

辛依依很苦恼很悲哀很无奈，不知道怎样才能改变一下自暴自弃的女儿。瞧瞧她，才12岁，身高157公分，体重却139斤，硬穿上辛依依的长筒袜走路，还将大腿内侧的肉，磨得血呼啦叉的，学习成绩更是一落千丈。而且，小胖子居然还抖动着横肉虚脸，朝她声嘶力竭地又蹦又跳地喊叫："我是人吗？是人，为什么你们离婚就不问问我的意见？难道我就是影子就是空气就是雨点?"

辛依依落泪了，孩子孩子你听我说，你不就是我的影子？让我永远永远也摆不脱你的如影随形；你不就是我的空气？没有了这东西，我将如何有继续生活下去的勇气和力量；你不就是我的小雨滴？总是湿湿地打在我的心坎上。

辛依依咬紧牙关决定：拿出三天时间，就是不理她，权当她根本不存在。有时候冷漠一个人也是一种策略。

作为副局长的辛依依天天忙乎于工作，整日落寞忽视的神情，叫单亲家庭的小份子开始细细思量：倘若有一天真的没了亲娘，一根草的滋味很疼痛吧?

她的惶惶，使辛依依坚定信念：舍不得孩子打不得狼。

她的悾悾，使辛依依更加憧憬：朽木绝对还可雕也。

第三天深夜，忙碌的辛依依回到办公室，看到女儿正瞪着天花板发呆。

辛依依就说："宝贝宝贝你知道吗？老鹰是世界上寿命最长的鸟类，它一生的年龄可达70岁。要想活那么长的寿命，就得在40岁时候去蜕变一次。因为这时候，它的喙变得又长又弯，它的爪子也开始老化，无法有效地捕捉猎物；它的羽毛又浓又厚，沉重的翅膀载不动身躯。它只有两种选择：要么等死，要么历经 150 天漫长的蜕变获得新生。它要重生，就在悬崖上筑巢留守。天天喙击岩石，直至其完全脱落，再长出的新喙；新喙再把爪子上老化的趾甲一根一根拔掉，再长出新的趾甲；再把身上的羽毛一根一根拔掉。150 天以后，新的羽毛长出来了，鹰就可以重新展翅飞翔，重新过 30 年的岁月。"

女儿很聪明，说："妈妈妈妈我也想像鹰一样像鹰一样。行吗我行吗?"

辛依依信誓旦旦："我去请公休假，与你一道来一次减肥行动，愿意吗？能做到吗?"

女儿一下子从床上坐起来答应了。

辛依依幽幽地问："一切行动听我指挥，让干嘛就干嘛!"

女儿慌忙答应："好好好。"

辛依依笑了，说："我要你 20 天后，体重必须减掉 20 斤，跳绳 3 分钟跳够 800 个，游泳半小时游千米，还要复预习数学英语记 500 字的日记还得弹钢琴，当然当然还要奖励你学跳你最爱的拉丁舞，这么这么多，你一天内完成，行吗?"

女儿迟疑着，缓慢道："应该还行吧?"

辛依依明白了："宝贝宝贝我们就捏冰吧？只要你手心也能坚忍冰冻长久，你就能获得成功的!"

"那好吧，就试一试?"女儿跃跃欲试。

结果：女儿捏出了比辛依依更多出 2 分 30 秒的冰！绝对挑战了极限能力。女儿女儿你知道吗？你要比妈妈更坚韧更顽强更伟大。

第一天清晨跳绳半小时，女儿居然只能跳 2 到 3 个就必败。辛依依很虚假很虚假鼓励着："有进步嘛，起码比刚开始只能跳 1 个强多了。"之后，每天早晚的跳绳，辛依依都在撒谎虚报数目声中鼓励完成了进度。甚至有时候，她还夸张说："超额完成了今天任务!"一声声的赞美，20 天后，女儿一口气不败地舞动了 900 下。

第一次去游泳馆，女儿只能蛙泳游百米。于是，每天下午五点到六点时段里，辛依依游，她就得游；辛依依休息，她也得憋气浮在水面上或者双腿在水里原地大踏步走。渐渐地，她真的可以一口气轻松地游完1000 米。

温习功课，辛依依只是提醒她一小时一换课目，数学和英语轮流来，尤其是一天要背一课《新概念》，常常让她口干舌燥地不是摔书就是踹凳，但在辛依依默默凌厉的眼神下，她总是再度回归静默的学习状态。

晚上必定要写的 500 字日记，辛依依天天阅读并批改日记里的错别字、词汇或者纠正她的思想——宝贝宝贝知道吗？这就是我们最绝佳的沟通方式啊。

每当她不想做了的时候，辛依依要么让她弹钢琴唱唱歌，要么就放任她跳上甚至 3 个小时的拉丁舞。辛依依更坚信对女儿的感觉，瞧瞧她对感兴趣的拉丁舞的痴迷、坚忍和疯狂吧。女儿信心百倍地说："妈妈妈妈您知道么？您的一个眼神，我就明白您想要说什么啦！"同样地，你知道吗？宝贝要有个什么心理活动，怎么能逃得出妈妈的火眼金睛？

饮食上，辛依依严格控制，干嘛就要像个干嘛的样！难怪她曾饥肠辘辘大呼小叫："妈妈您做的晚饭，好香好香啊，现在还在直流口水呢。"呵呵——想再吃？绝对不可以！

20 天后，魔鬼训练结束。

女儿上秤一称，居然减掉了 25 斤；比着墙上的横杠杠，居然身高长了 3 公分。哇塞，再就近初中入学测试，竟然考进了前 10 名，当仁不让地被分进了重点初中的重点班。

塑造小女孩意志力的魔法，如完成了像鹰一样的蜕变。

后来，辛依依收到了女儿的越洋电话："妈妈妈妈我好爱好爱您嘢！"

要知道，女儿考上了世界一流大学，并获得了全额的奖学金。

东京乌鸦

三天了，72 个小时了，雄二郎依然固守在美子的身旁，而美子显然是不小心触碰到了低空里乱七八糟、纵横交错的高压线或电线，魂魄全失地跌落在了东京的街头上。炫漪没注意听到美子那声惨鸣，却听到了她坠地的那一声干脆利索的“咚——”，立刻，响彻耳畔的是雄二郎一声声凄惨的鸣叫“呱呱——”不绝于耳已然三天三夜了。他就守在她的尸体四周，谁来帮助或轰赶，都会遭到雄二郎疯狂般的死啄，甚至拒绝炫漪端过来的一碗水和半碗白米饭。

要知道，那半碗白米饭，是炫漪要再坚守三天时间的最后一点点口粮了啊。明天她要交上电费，后天得交上水费，要不然就得过没水没电的生活，之后还得补上滞纳金。可是，炫漪手头上只剩下了一个百元硬币，她的打工款三天后才会到账，妈妈的汇款也尚未到。无论如何，炫漪也不想让单身的中国母亲过于担忧东京已成金融危机的重灾区——世界上消费水准最高的国际大都市。

炫漪饥饿难耐，端回了半碗白米饭，回到租房内，加水开始热饭。然后，她端着饭来到小小的阳台上，放碗在台上。她期待雄二郎会想以往一样来到这里，和她分享这一点点食粮。可是，百米外，那个夹缝般的视线所及，依然还是疲倦又哀伤的他在团团转着哀鸣着她的尸体。

一年前，炫漪刚到东京的时候，屡屡见到空中招摇而过或悠悠盘旋的乌鸦，发出“呱、呱”阵阵的聒耳噪声，很讨厌很渗人，却成了这座高度现代化的大都市的一道特殊的风景线。据说，东京的乌鸦多达三万多只。中国俗话：乌鸦叫，灾来到。谁要是说了不吉利的话，都会被称为“乌鸦嘴”。所以有一次，一只乌鸦像闪电一般，“呱——”地一声就掠过炫漪头顶，吓她了一大跳。她弯腰捡起一个小石子朝着乌鸦射去，那只乌鸦却掉头又从她的头顶飞过，漂亮的红发卡就被衔在了它的嘴尖上。于是，一道剪影掠过，双翼舒展，脑袋耷拉，尾巴笔挺，背衬着冬日苍白的云天的映像就留驻在了炫漪的记忆里。她发现，这些家伙总好像发生了什么大事，总好像有着急促的家事需要处理，飞来飞去不亦乐乎，而且还乐此不疲，冷不丁就要开口呼朋唤友，然后成群结队飞往另一处不可预知的神秘之地。黑色是土地和夜晚的颜色自然就和神秘力量相关联，硕大、黝黑的乌鸦也就彰显得威风凛凛、严肃注重。有时候，炫漪在阳台上，还会欣赏到乌鸦的活泼顽皮：衔一根小树枝飞上天空，丢下这“玩具”，再蓦然扑下叼住；突然倒挂单脚，在飞行中要上几个“后空翻”，再呱呱叫着落到百米外那个公园内的参天大树上。那个公园高高围墙怎么能锁得住那些个葳蕤茂盛的古松古柏呢？围墙下，就是一条街道，从三楼的炫漪家这里，可以远远地俯视到一截。估计，不远处就有个红绿灯的路口，一天早晨，阳光灿烂，洗了衣服来晾的炫漪在阳台上看到，马路上的小轿车刹车停下，一只乌鸦衔着一个圆圆的核桃飞下来，将坚果丢在车轮前，飞走。然后小轿车碾过，坚果果真破碎，这只乌鸦就唤来更小一点的乌鸦来美餐。大乌鸦就在旁边跳起舞，垂下双翅，抖动着尾巴，温柔地“哇哇”鸣叫。炫漪就在心里说，大的就叫“雄二郎”吧，他肯定是只雄性，小的就叫美子吧，希望它们真成一夫一妻制的楷模。没想到，中午时分，刮起风下起雨，炫漪担忧起了挂出去的衣服。傍晚，跑回家的炫漪发现，衣服聚在阳台的一角地上，一件不少，红黄蓝紫的衣撑架却全部消失。夕阳炫红色里，远远的，炫漪看到了公园那边的一棵松柏枝杈间，黑魆魆的似乎纵横着那些衣撑架。第二天清晨跑过去细看，果真，那些红黄蓝紫衣撑架就是一个鸟巢的建筑材料了，新婚夫妻正在窝上亲热。

一次，炫漪做好饭，端到了阳台上，刚吃了一口，就感觉红烧肉已然有了异味，她就放碗在台上，回屋去取辣椒酱。她有点后悔，为了省电，她把小小的电冰箱电源拔了，结果，总是一周做一次，一次吃三小勺的红烧肉就馊了。可她再出现在阳台上的时候，却看到雄二郎和美子正在大快朵颐。她慌忙也用勺子去抢，却被雄二郎啄了一口手背，火辣辣的疼痛，炫漪大叫：“讨厌——让我吃什么？”美餐完了，他们飞到炫漪养的一缸浮萍里的缸沿上，开始饮水，大摇大摆的样子，似乎是炫漪请来的客人。

炫漪在百度上一搜索才知道，为什么东京的乌鸦这么肆无忌惮的，最重要的原因，是日本人把乌鸦当作“吉祥鸟”、“神鸟”以至日本的“立国神兽”。据日本古书记载，神武天皇在东征时，进入和歌山县熊野一带的山林中，迷失了方向。天神派八咫乌（一只三脚乌鸦）为他引路，破解迷阵，走出了熊野山。从此，日本人视乌鸦为神鸟。

炫漪开始喜欢和他们共处，每周都要做一顿红烧肉补给自己和那俩口。人家也真当自己是炫漪的家人，每次，炫漪只要把覆盖着红烧肉的米饭碗往阳台的台上一放，两口子立刻降临，呱呱——叫着，似乎在说，来了来了。就在炫漪眼皮子底下快乐地吃干净碗里的肉和饭，再到浮萍缸里饮水，就——呱呱——飞走了，似乎在说，走了走了。直到这一天，炫漪山穷水尽，美子触电身亡。炫漪想，也许，美子就是因了东京垃圾分拣环保了，我又供不上高蛋白的美味，才抑郁无力地撞上了高压线？

放眼再望，夕阳的余晖里，只有一个美子孤零零的黑影，雄二郎却不知咋的，不在美子的尸体旁。突然，一个黑影落在了炫漪的眼前，定睛一看，她喜出望外，雄二郎？你来了？想吃饭还是想喝水？细瞧，雄二郎尖尖的黑嘴里，衔着一张绿色的纸片。再细辨，天呀，居然是张一万日元纸币！炫漪伸出双手，从他的尖嘴两旁郑重地接过救命钱，深深地一鞠躬，用日语说道：“善友啦啦。”炫漪泪水滂沱，依稀仿佛瞧见雄二郎悲哀地一声“呱——”就飞进了云霄，迷迷蒙蒙中，又猛然看到，百米外美子的尸体上空，一个黑物呈自由落体状，一头栽在了美子身体上，伴着一声凄厉的“呱——”，还有一声沉重的“咚——”。

炫漪转身，飞奔下楼，绕过必须绕过的店铺，跑到了阳台对面的那条街道，视线所及的那截路面上却洁净无物。她茫然四顾，泪眼迷蒙里依然只有一个个行人一辆辆小轿车来来往往，仰望那棵苍郁的松柏顶端枝杈间红黄蓝紫色的衣撑架孤单单的窝，已然泛着白光，全无那对夫妻的剪影。

一切，并非都不曾存在过的。

炫漪低头，被右手紧紧拽着的一万日元纸币，已然扭曲变形，一个角上黏着一片污渍。

建筑工

每次路过商城市标志性的国贸大厦的时候，我会想起他——有双黑亮眸子的男孩，朝我憨憨地微笑。

记忆第一次见到他，是在一个酷夏的凌晨。

我正在派出所大门口乘凉，暑热难捱。一起打架斗殴的事件没处理完，我这个所长自然也不可能休息。他，一身肮脏，已然汗湿的短衫短裤，进了大门。黑亮黑亮的眼睛，清澈透明，带着赧色，含着怯意，闪着坚定，看模样也就十三、四岁的年龄。

我问："报案?"

他点点头，说："那个地方人，正在赌博。"

我知道如是的报警电话较多，但人亲自来的，少！我即刻叫上值班民警，带着男孩，开车来到他指定的地点——国贸大厦建筑工地。进去前，我告诉男孩："不要一起进去，找个地方先躲一躲。"

男孩默默地点点头，下了车，借着汽车大灯的昏亮，我居然看到了他的一颗巨大的泪珠，滚出了右边的眼眶，顿时我感觉颇为蹊跷。

身着警服的我们，一出现在工地深处一拐角巨亮的灯光下，一群有蹲有坐的光背汉子们，一下子全作鸟兽散。我们攥住了两位赌博者。好在我们都是好眼力，两个人都是工地的小头头。他们玩的是：拖拉机。一个晚上下来，至少半年的工钱，打水漂。

拘留两人，罚款多人，还将工地的包工头叫到了派出所接受具戒警告批评。这时候，我才知道，男孩的叔叔就是被拘的一个小头头，他的在大别山区老家的媳妇去年车祸瘫痪了，全由着比男孩还小的女儿照顾着。

男孩叔叔被拘半个月里，一看见湿润润的黑亮眼睛，我就双眸湿润，心头总滚动着一股股柔情，一个跟我的女儿一般大小的孩子啊。

我多次到工地，找包工头，责令他加强农民工日常管理工作，否则，今后必得承担连带责任。我严厉告诫的时候，很具震慑力，包工头眼里总滑过恐惧。

有一次，临行前，无人处，我硬塞给了男孩一个小红包包，那是本来准备给上初中的女儿买英文电子辞典的钱。

一周后，我却接到报警电话："一个建筑工，在 24 层踩空跌落，从尚未开通的电梯间!"我赶到现场。被盖了一席破草席的尸体，天哪，居然就是那个男孩子!

整个身躯如一幅惨烈的油画。

黑亮黑亮的眸子永远永远不会再睁开了，更不会憨憨地朝我落泪、朝我微笑了，我泪如泉涌。

意外事件？太蹊跷。

果真，三个多月的坚守侦查，终于可以告慰男孩子及其叔叔家人了。

是包工头，听说男孩子往叔叔家寄了三千块钱，就明白了警察总上门的缘故。他说："我的地盘我做主，轮不到你个毛毛仔!"他暗地安排一个老建筑工，在 24 层电梯间口，将被指使去搬几块砖的男孩推了下去，凶手获得五千元钱的安家费。

又三个月，主谋——包工头被执行了死刑，立即执行。

我依然不记得男孩叫什么，只是清晰知晓：他是名小小的建筑工，一个来自大别山老区的小民工。

天堂信儿

一个蛮横的男音，乍然响起："去——，往边——去！"

正在安放两个旅行包的新婚先生放眼望去，一个年轻男子提溜着一件纸盒箱子，正暴瞪圆眼，盯着火车行李架上的一小块空地，不耐烦地再次吆喝道："说你呢，没听到——吗？"

简直像个"匪徒"。先生一双本来已伸出的想帮他放置箱子的手，停留在了半空中，有些茫然，显得很迟钝。

就在此瞬间，空位被他人占用。

匪徒羞怒："把你的行李，拿下来一个！"

颤悠悠地站在下铺上的先生，依旧木然，花白的头发在昏暗的车灯里熠熠发光。我想，一定是被这种意想不到的无礼举动击蒙了吧？幸福并疲累着的双人蜜月旅，已然使得先生筋疲力尽了吧？终于，呆傻了的先生味了过来，横扫一眼匪徒，默默地下了卧铺床板，踏着鞋坐到了车窗边上的座位上，眺望起了窗外。

我说："凭什么呀，我们两个老人占用两个位子，并不多呵，您的纸箱可以放到下铺下面，更安全嘛。"本来，先生主张将我俩的一大一小旅行包放到那里的，又安全又方便。但我以为我俩买到的铺位都是上铺，怎好占用他人的地盘？

匪徒剜了我一眼，嘴里嘟嘟囔囔地表示着不满："出门在外，就你们会霸占公用地方。"但，也无奈地将纸箱推进了下铺下面。然后，搬下毛巾被和枕头，脱掉了凉鞋，歪倒在下铺上。一股浓烈的臭脚丫子味道，刺激了所有人的鼻腔。

一位妙龄女郎过来，捂住鼻子骂道："谁呀，这么不讲公德。"

匪徒立刻穿鞋，接道："就是，就是，所有的行李位子都被他们霸占了。来——来，放到我的铺位下面来吧。"说着，热情似火地接过了行李箱推进了铺下。

妙龄女郎一个媚眼，说："我是中铺，我晕车呢，咱们可以换换铺位吗?"

匪徒迟疑半天，说："我睡觉不老实，常会滚下床来的，所以我高价买了这张下铺呢。"

"多少钱?"

"比票面价，要多出两百块呢。"

女郎沉默了，一屁股坐到了我的身边，大叫："奶——奶，这世道，真他妈的差劲，是吧？你——是这个下铺?"

我不知道女郎是在骂现如今的市况，还是在叫我。但，我仍旧接话了："我，上铺。"没办法呀，谁叫你老了老了，还要蜜月旅呢。

又一个小伙子步进了这个空间，寻找着自己的铺位。稚气、单纯的模样，大概是个高中生。匪徒立即说道："小弟弟，来，行李放到这里来，咱们不霸占那行李位子，素质总比有的老不死的，要好点哈!"

我隐忍着，不吱声。先生也装未听到，拿出提兜里的一碗方便面，接了开水，泡面。从午饭后开始，我们排队买票、等候进站，直到现在晚上九点半，七个多钟头了，相信患有糖尿病的先生早已饥肠辘辘了。

但，匪徒却不放过："有的人，真是无公德，总在公众场合制造异味。太差劲。是不是？美女？小弟弟?"

眼见他们一概附和着，他得意了，亮着净是光彩的眼睛，开始滔滔不绝，说自己是某名牌大学的博士生，去首都就是为了让清华的导师鉴定下他们的实践成果。

小伙子果然是应届高中生，要去故宫和清华旅游，自然两眼放光地钦佩这个匪徒。是呀，他——还是匪徒吗？我嗜好读书，对读书人一向尊重有加的。

可匪徒说道："我们有知识的人，绝对不可能侵占他人的利益的，对不对?"年轻人都随声附和，气氛热烈。于是，这个临时小家就变得诡异。被彻底孤立了的俩老不死的，只好畏缩在一旁，彼此用眼神慰藉。

匪徒的手机响了，先是一脸的敬慕，继而开始解释，接着不耐烦起来，但还明显压抑着，辩解的声音并不激烈，最后沉默了。好像对方是他的导师，教导他某个试验搞砸了，叫他立刻补救。一挂电话，匪徒恨恨地骂道："他妈的，老学究！老顽固！老不死的！就你他妈的事多。好事总有你的份，事糟了，你就永远都没有一点责任了！"看到大家都呆望着他，他赧色了，说道："这个世界上，怎么总是有老不死的在挡着道？我们博士搞个研究成果出来，总得先将他们的名字写在最前头才可以发表，你们说是不是真他妈的不公平？"

妙龄女郎已躺在了她的中铺上，歪下头来，笑道："这世道——险恶，还有公平的事情吗？所谓我们生意人都是唯利是图的，也就可以理解了吧！"

高中生一脸苍茫。

匪徒问："小弟弟，你的理想是什么？"

高中生比划着，羞涩地说："我渴望我有一双翅膀，飞呀飞呀飞进了清华园。"

匪徒一怔，接着大笑，说："哈哈——小弟弟，早晚你会发现，你的翅膀会被这恶霸般的人际关系砍折了的！一切都将化为乌有。你——死无葬身之地！"

我开始真正地厌恶起这匪徒了。

一夜无话，唯有匪徒的轰鸣呼噜声，此起彼伏。

清晨，一夜未眠的我，早早起床，在先生的搀扶下，歪歪斜斜地爬下了上铺，坐到车窗前，回眸一看，匪徒的睡姿，异常诡怪，尤其他的扫帚眉、八字胡，以及脚丫子上被凉鞋汗渍积攒出来的两道黑色的泥土，组成了一个蹊跷的画面，像极了独裁头子希特勒标榜的党国图形。

我幻想，有一封来自天堂的信儿，让匪徒明白：这个世界上，依然存在着一些什么最宝贵的东西，只是被他彻底摒弃了。

我奋笔疾书，一挥而就。

先生看后，欣赏我的文笔却不赞同留给匪徒，说："就你多事。没用的。"

我不甘，将信儿放进了信封（仿佛是上苍在冥冥中给予我的启迪，我临出房间门时，将宾馆里的一张纸、一个信封、一支铅笔，带到了火车上。)，压在了匪徒的黑包下面。一抬头，正好看见高中生的眼睛急促闭上——但我已瞥见他的眸子里，有一份鄙夷，就好似随时都要一举抓获我这个貌似小偷的老太太一样。

我的心，蓦地“咯噔”了一下，恍惚中，我们下车，路过我们车窗的时候，我忍不住回眸张望了一下，正好瞧见高中生，已然站在了窗前，手里正捏着我的信，一脸的惘然，满眼的迷惑，凝视着窗外什么——那眼神，绝对没有定位在任何一个点上——

孩子，救救自己吧！

也，救救孩子们。

血　祭

黄秀，19岁，大三的漂亮女生，已孕7个月，失踪半年，警察、学校和黄秀的父亲找遍了所有该找的地方，依然杳无踪影。

一天，复式公寓的宅主夏冲因吸食大量海洛因死亡，辛依依带着刑警出现场，发现一个挺着大肚子的女孩子疑似被夏冲洗了大脑一样，直朝着辛依依他们尖声嚷嚷，秽语连连。辛依依躲闪她疯狂斯打的时候，蓦然察觉：女孩子多像黄秀呀！可是，怎么可能呢？夏冲可是辛依依他们打击处理过的惯犯呀。

辛依依冲着大肚子女孩子高叫一声："黄秀——"

大肚子女孩子一激灵一颤抖，痴痴的眼光呆呆地射向了辛依依，嘴巴大张着，流出来了许多的哈喇子。

辛依依确定就是她。

"走，跟我走，到医院引产——去！"辛依依很强势，虽说之前并不认识黄秀。但这半年来，校方无数次的报警、来访，见她的照片太多的缘故吧？虽说她整个人已然变形、颓废，黑黝黝的面庞已然浮肿、扭曲，黑亮亮的大眼睛也已然过于呆滞、昏黄。

"不，就不！我要——就要生下来。我爱他——就爱他，我要——就要生下我的孩子来，这是我的孩子，也是他惟一的血脉骨肉——"黄秀傻乎乎地任性又倔强地尖叫着。

辛依依电话告知了校方，并通知了外地的父亲——一个单亲家庭的户主。

黄秀大哭起来，感到了一份凄凄惨惨戚戚。

也是，就算一切都正常，黄秀爱上了个嗜毒的男友，自己也必定跟着吸上了，也许更有了瘾，那么，她肚子里的小生命定然会是，畸形儿。

辛依依开始涓涓开导，黄秀却越哭越伤心，撕心裂肺地嚎叫得太久了，毒瘾就上来。她满地打滚，狼哭鬼嚎，声嘶力竭，甚至下跪、撞墙等等危险动作都做过了，辛依依还是坚定地说："不行！走，跟我走——引产去。"

黄秀满是鼻涕泪水的脸，就呈现一种诡异神色，活脱脱像是一个疯子、傻子、呆子。只有眸子还在间或一转，不知道又在动怎样的鬼主意吧？辛依依死死地拽住了她的右手。

突然，黄秀猛然低头咬了一口辛依依的手！

辛依依一把没抓住，黄秀就跳了窗，辛依依在紧急中只捞到了她的睡裙一角，拽着，喊着。

男警们扑上来，撕拉硬拽后，拖回了窗外的黄秀，但她已惊恐至昏厥。

辛依依慌忙开车，直奔到医院抢救，又电话叫来女警，陪护着。

警察的事情真叫多。辛依依又照教导员电话通知的信息，赶去分局——献血。尖锐、锋利的针尖刺入辛依依青青的血管里的时候，她眩晕——从小她就炫惑那份鲜红，干了这么多年的警察还是见血就晕。她紧紧地闭下眼，依然感到了蓦然的疼痛，她想象着红液体缓缓地流进一个小袋里，200cc。

针头被拔出来后，辛依依告诉血液中心的人说："嗨——我的血型可是概率仅为万分之三的AB型RH阴性最稀有的血型哦！要知道，这种血型人必须完全一致，才可以输血的。"

工作人员笑，说："我们真的太奇缺这种血型的血！要不？再来一袋?"

辛依依迟疑，说："按理，我一袋都不该输的哦！因为我，——我——要不，就再来一袋吧!"

很快，又一袋，迅速流满暗红液体。

辛依依摇摇晃晃地拿着一本证书，一袋补品走出了局大楼。被强塞进辛依依手里的补品，是面包和酸奶。她就势将面包递给了身边男警，自己喝起了酸奶。她想，得回医院去，还得逼黄秀做引产手术。

刚走近急救室，女警就冲上来，说："辛所，大夫说，她必须立刻手术，否则生命都有危险啦。"辛依依慌忙冲进急救室，看到大夫同意的眼神，就轻轻地来到紧闭着眼睛的黄秀的床前，蹲下身子，对着她的耳朵，亲切却又断然道："黄秀啊，我可以不拘留你，也可以不送你去强戒，但你必须马上同意做引产手术，这是你自个儿的命啊！"

她对着黄秀喃喃倾诉着，拘留号、戒毒所里的人儿都是些有性病或者虐待狂的人，无论谁进去了，都会被莫名其妙拳打脚踢的，甚至还有变态人。而且医生已经查出她肚子里的婴儿是有残疾的——黄秀的双眸睁开了，大眼睛里带着极度的恐惧——她，吃力地用苍白的臃肿脸默默地点了一下头，两颗泪珠又滑出了她的眼角。

辛依依轻松更沉痛地走了出来，静默着，对医生点点头。

刚刚落座椅子里。大夫突然奔出来，"快——她大出血了——要输血，你们警察谁是AB型RH阴性血？这种最稀有血型我们医院血库里没有了，就算血液中心给配送，恐怕也来不及了——"

辛依依慢慢站起来，涩涩地一笑，说："需要多少？"

"至少400cc。"

辛依依将长袖子撸到胳膊肘上方，沉稳地笑："缘分，我俩的血型完全吻合——抽我的吧。"

她当然知道她不该这样做的——每个月的特殊假期，前天就开始了，但她必须得这样做，救人要紧。

辛依依躺在病床上，血尚未输完，就疲倦地微笑着永远地睡了过去——

黄秀依稀恍惚中却感到了辛依依倦怠的灵魂飘入了她的躯体，甚至强行将她从一个急速攀升的黑洞里拽了回来。飘飞的无数闪亮闪亮的星星，刹那间如同烟花璀璨辉煌起来——

黄秀醒了，却看到了一个黑色镜框，圈着一张女人照，是个漂亮女警，慈眉善目的，真的，好像病逝的妈妈呀！

妈妈——

清　明

10 岁那年一个春困的课堂上，我认识了清明。

秦老师说："你坐到那个空位子上吧。"我往教室后边一看，一个扎着两条长辫子的白胖女孩前面有一空位。

我刚刚坐上去，有支小小的硬硬的东西戳了一下我的后脑勺，清脆女童音响起："喂——苹果，我叫路清明。"我有点恼，回头横了一眼，有这么起绰号的吗？却看到了一张吃吃笑的白脸，淤肿着拧成了一朵花，一朵纯白色的太阳花。之后，我发现，这个叫路清明的女同学，每当意气风发的时候，白胖脸就像那种没用过的素描纸有光泽的那一面一样，闪着灿烂色泽，否则，白胖脸就像其反面，纵横纹路，晦涩干枯，却有一个共同点，那就是苍白。

放学时候，我发现我俩需要长久地走在同一条车水马龙的柏油路上，再爬过一扇关闭的大铁门，窜过一片硕大的杂草苗圃，就可各回各家。她家住部队营职平房，房后有一大片小草，走近一看，却是墨绿幽润的细长松式叶条。她指点江山般地一指："这是太阳花，我爸种的。"等花怒放时，有花开的声音。顿时，我眼前一亮："花开有声？"她郑重其事地点点头。

为此，我放弃了跳皮筋，虽说我的皮筋超级弹性，跳的技巧也是绝对的佼佼者。甚至我还抛弃了打乒乓球，虽说我的拍子是双面胶的，发球的飘忽抽打的凶猛又无人能比。我只陪伴一个人——路清明。只要我俩一听到老师说下课，我们就一溜烟跑到走廊上，席地而坐玩"羊拐"，那是一种由乒乓球和羊拐组成的游戏，常常看傻了一圈的同学。

课堂提问，我从未叫老师失望过，作文也都被当做优秀范文来宣读。

一次改选班长，我这个转校生居然全票通过，我的热忱被激发。我用零花钱买来四张伟人画像箴言，分别贴在教室的墙壁上，但我不知道图钉遇见了坚硬墙体就自动颓废不够使了。同桌男生黄河就飞奔而去，回来时候，不仅递给了我 10 个图钉，还有一根冰激凌。我羞涩，不肯接手。清明蓦然闪现，说："给我吃吧，不然，都化了。"我一怔，觉得那黏黏的奶油色，像极了清明幽幽的眼神。她毫不在乎地在我们的注视下，张开了大嘴巴，伸出了长舌头，淌下来的白色液体就被接住了。我调皮地看着她的身后，叫道："路叔叔，您好！"清明立刻想要转头，却一甩冰激凌，身体倒地，不省人事。吓得我们慌忙去叫秦老师的时候，她又醒过来。从此，我知道了，清明是不能被吓唬的。

放暑假前，我去给秦老师送考卷至家，才知道她原来有个嗷嗷待哺的女儿。饥饿叫那个小婴儿一直都在撕心裂肺地哭闹，而我的老师却只能红着脸一头汗地拼命煽着蜂窝煤。火上，是一锅大米粥，依然还是稀汤寡水的。我知道秦老师是代课的知青，所以我大声叫嚷："老师您等着，我家有两袋奶粉和白糖，我这就去拿给您女儿喝。"要知道，军人家庭再有特殊的待遇，我也是相当长时间里没有尝过牛奶的滋味了，白糖也是昨夜刚刚用沾了水的筷子偷偷地捅破牛皮纸包装，才品尝到了一点点甜的味道。

最好的补偿，该算是清明给予我的新奇了。那个夏天，我一连数十个清晨都蹲守在花丛里，终于听到了太阳初升时，渐渐绽放的娇艳妩媚的"死不了""嚯嚯——"花开的曼妙声音。太阳升得愈高，花开得愈姹紫嫣红，声音也就愈訇然铿然。

一开学，听说秦老师被退回原知青点了。新来的班主任抖动着苍苍白发说："个别女生不自重，自个谈恋爱不说，还学会了溜须拍马。像什么话！现在，我们改选班长。"于是，除了谷雨——一个脸颊上散落着雀斑的会吹竖笛的小女生，我几乎被全票否决。而清明居然投了她自己一票，以绝对优势当上了班长。宣布的瞬间，我转头，看到她的脸颊上居然飞上了绛紫色，就像一朵红得发紫的半支莲。

从此放学路上，我就被男生追杀——大苹果，圆又圆，叔叔带你上公园，不要急来不要怕，马上就有汉子亲——羞辱中，我似乎总能看见一张白胖脸开成了纯白午时花。

来年清明，我们被要求去给烈士扫墓。路清明叫她爸开着一辆军用大卡车送我们去陵园。亢奋中，我也挤在了最前面，毕竟那儿可以感受风的气势。清明挤过来，冷色地说：“你——不准乘这辆车!”我说：“为什么？这是集体活动。”她说：“这是我爸的车，我说了算。”说实话，那一刻，我恨死了清明。好在突然一踉跄，大卡车轰隆隆地就开走了。

离开陵园大门的时候，我猛然听到一声呐喊：苹果——我回眸一瞥，看到了清明，她正站在离去的卡车尾部，双手举成喇叭形。我一转身，孤寂地一个人绝尘而去。

倘若我知道，那将是我们最后的一次绝杀交往，我一定会追上去，至少也要搞清楚她想对我说什么？清明，最后，你到底想要对我说什么呢？

那天，是清明，别班的同学也一窝蜂地挤上了那辆卡车。土路泥泞，汽车颠簸，小学生们夸张地一个压一个地挤成了一团，最底层的那个小女生，就是清明。

黄河哭泣着，说：“要不是清明，我，就是被压在最底层的那个人啊。”

我知道清明患有先天性心脏病，我也知道她本该“死不了”，但她就这样夭折了，永远住进了烈士陵园。

清明说，花开有音。

花开要有音，成了我的座右铭。

有关链接：太阳花，俗称死不了、午时花、半支莲等，属于马齿苋科一年生肉质草花，原产巴西，有见阳光才绽放的习性。将它拔出或摘下一段，置阳光下暴晒，或放置许久，看上去已奄奄一息了，但插在土中，稍有湿润，它仍能神奇般地成活。

冬　至

冬至不端饺子碗，冻掉耳朵没人管。这节气是北半球全年中白天最短、黑夜最长的一天，过了冬至，白天就会一天天变长，黑夜会慢慢变短。

早已降临了的黑暗，还滞着他的脑子，什么事都想不动，越是思考越是一片苍白，思维如同刚刚参观过的造纸厂里那池白浆，黏稠、混沌、蠕动。他想不去想了，却好像被人揪起衣领狠狠一甩，甩进一个幽深的黑洞里，四壁都是碎玻璃，闪着幽幽的光，锋利的棱角尖叫着，身体每一处与碎玻璃的懵懂相撞，疼都呈放射状钻心而来，却又找不到具体的痛点，甚至痛的深处，隐隐约约地、模模糊糊地，竟浮着一股难以言说的……愉悦。

这，大概就是他一定要思考的缘由。近段时间来，他和小男生们一起，在放学路上，大呼小叫，编织顺口溜：大苹果，圆又圆，叔叔带你上公园，不要急来不要怕，马上就有汉子亲——可是，这些，似乎不再能够羞辱同桌小女生苹果——路清明起的蛮适合她的绰号，谁叫她姓平呢？谁叫她总是意气风发处处优秀呢？作为她的同桌，他已经被男生们讥讽为她的汉子了，他当然要和她划清界限。他先是用刀刻出“三八线”，只要她的胳膊肘胆敢侵犯他的领土，他必会“人不犯我我不犯人”，铅笔刀、中华铅笔直接砍去戳去，听到她的尖叫，他们都开心大笑，在笑声里得到一份愉悦、认同和信任。她越痛苦他越得意，她越躲闪他越要变本加厉。他想出了一种击打她尊严的最好办法。每天放学路上，他捡来碎石块、树枝条，甚至半截砖块，追赶着她的踪影身姿，甩过去抛出去——起先，她会撒腿就跑，越跑他们越追。后来她只是偶尔躲避，疾走不理，他们就身前影后侮辱她、撞击她。

今晚，她居然听到他们追杀的声响后，立刻站住，回转身体，恶狠狠地瞪视着他们，高呼一声：“有种的，上来，单挑！”一帮子的小男生全体凝神，呆了，傻了。高年级那个捣蛋鬼一脸坏笑，叫嚷道：“哈哈，黄河，你媳妇要和你打架了，还不快上！噢噢哦——快上噢！”于是，一片唏嘘喧嚣嬉笑声响起。羞愤中，他不得不撸起棉袄袖子，露出细长白胳膊，握紧双拳头，冲向前去。苹果却后撤一步，左手伸前挡住他的拳头，右手一个拳击，他的胸口就被重重击中。一股惊慌与无助突然之间横生而出，他想转动一下脑袋，却发现不行，一丝力气都没有。胸腔里也正嘎嘎地响成一片，仿佛是老房子上已经尘土堆积的黛瓦，突然被撬开，七零八落地一块块坠地，杂碎地散乱在黑糊糊的泥土上，那黑泥正拼命挤出来，潮气与霉味交织迸发。恍惚中他的衣领被拽住，右腿脚踝处被猛然一撞，他就被撂倒在地。

一帮臭小子目瞪口呆。

苹果拍了拍袖，扬起苹果脸，清亮地叫道：“谁再来？上！”

一帮臭小子甩掉手中物，立刻都作鸟兽散。

他也吓得大气不敢出，甚至害怕爬起来。苹果粗粗喘着气，越喘越粗，他以为她马上要哭了，是的，虽然她胜利了，但是这段时间他们欺辱她也的确太狠太凶了，她需要一场哭。可是，她没哭。很奇怪，一般大堤将决之前，总是要有所酝酿有所积蓄的，可她却突然身子一缩，任何哭意都没了。他感觉他的体内是那么的干涸，就像一条被晒干的鱼。蚁虫似的东西，从小腹深处密密麻麻地向躯体的各个角落缓缓爬去。刚开始，只是有种麻麻的不适，后来，至疼痛，在深处痛，难以言说地痛，就这样持续着，直到苹果将他从地上拽起。

昼，真的好短，居然就漆黑了。他似乎就在黑暗里寻觅灯光，幽幽的。啪嗒——妈妈启开灯钮，递给他一碗水饺，透着晶莹红润的娇耳式彩色水饺，蓦然让他心动。“医圣”张仲景有“祛寒娇耳汤”在冬至这一天，救助了那么多被冻伤的百姓。他呢？是的，他需要行动。

冬至的夜晚，寒风刺骨，强烈地渲染出了夜色的清冷凝重，一种发自内心的孤寂寥落感受冲破了他疾进的步伐。但他还是蹭进部队大院，来到了苹果家的门口。他们曾经无数次乘胜追击至此，甚至砸碎过她家的窗玻璃。而此刻，他只能壮了又壮胆子，才敲了下门，却无人应答。他只好将那碗娇耳放置窗台上，走到一扇亮着灯光的细长窗前，一用力气，他的脸就被瘦胳膊撑着，贴到了花纹玻璃窗上边的透明玻璃窗上，天呀，他看到了什么？

一个几乎赤裸的小女孩嘴里朗朗上口地念叨着：邯郸冬至夜思家，唐代，白居易，邯郸驿里逢冬至，抱膝灯前影伴身。想得家中夜深坐，还应说着远行人——手却一个劲地把点着的艾条以肚脐为中心熏灼着。

瞠目结舌中他跌落在地。听到开门声响，他跳起逃窜，回眸一瞥，看到苹果正将手伸向那碗水饺。他血脉迸发，心跳怦怦，冲进家门，劈头就叫："妈——艾条能烧肚脐？"

做大夫的母亲笑了，说："哦？我家小淘气怎么懂得了艾灸神阙穴养生法？要知道，今天，正是阴阳交接、激发身体阳气上升的最佳时间。如果能用艾灸神阙穴，即可温肾健脾，调和气血，第二年都少生病哦。"

黄河开心了，夜最长的冬至真好。